'वन्दे मातरम्'
पर बवाल क्यों?

डॉ. राकेश कुमार आर्य

डायमंड बुक्स

www.diamondbooks.in

प्रकाशक : डायमंड पॉकेट बुक्स (प्रा.) लि.
X-30 ओखला इंडस्ट्रियल एरिया, फेज-II
नई दिल्ली - 110020
फोन : 011- 40712200
ई-मेल : wecare@diamondbooks.in
वेबसाइट : www.diamondbooks.in
संस्करण : 2026

Vandematram Par Bawal Kyun?
By : Dr. Rakesh Kumar Arya

लेखकीय निवेदन

प्रत्येक जीवंत राष्ट्र के बने रहने के लिए उसके नागरिकों का एक-दूसरे के साथ पूर्ण सद्भाव के साथ जुड़े रहना बहुत आवश्यक होता है। यदि उनके भीतर किसी भी प्रकार का दुराव या दुर्भाव उत्पन्न हो जाता है तो फिर उनका एक साथ चलना कठिन हो जाता है। इससे बड़े-बड़े देशों का विघटन हो जाता है। इसीलिए यह आवश्यक माना जाता है कि देश के नागरिकों में परस्पर सद्भाव और समभाव बना रहना चाहिए। इस प्रकार के सद्भाव और समभाव को कोई न कोई ऐसा आदर्श नारा या कोई सूत्र वाक्य बनाने में बहुत अधिक योगदान देता है जिसे सभी राष्ट्रवासी स्वाभाविक रूप से स्वीकार कर लें। इस प्रकार का नारा या सूत्र वाक्य लोगों के हृदय को छूना चाहिए और स्वाभाविक रूप से उसके प्रति उनका समर्पण होना चाहिए।

हमारे देश में प्राचीन काल में ऋषियों का चिंतन सारे देशवासियों, राष्ट्रवासियों और भूमंडलवासियों के लिए समान रूप से प्रेरक हुआ करता था। वे सभी उस चिंतन को स्वीकार कर उसी के अनुसार अपना जीवन बनाने का प्रयास करते थे। सभी के भीतर एक-दूसरे को साथ लेकर चलने की पवित्र भावना होती थी। एक-दूसरे का हाथ में हाथ डालकर चलना लोगों का स्वाभाविक संस्कार था। उस स्वाभाविक संस्कार को ही राष्ट्रीय संस्कार भी कहा जा सकता था। भारत के ऋषियों ने भूमंडलवासियों को यह शिक्षा दी कि सभी संपूर्ण वसुधा को अपना परिवार स्वीकार करें।

"अयं निज: परो वेति गणना लघुचेतसाम्।
उदारचरितानां तु वसुधैव कुटुम्बकम्।।"

ऋषियों का चिंतन था कि "यह मेरा है और यह पराया है- ऐसा गुणा भाग लगाना संकीर्ण मानसिकता के लोगों का काम है। उदार चरित्र के लोग तो सारी वसुधा को ही अपना परिवार मानते हैं।"

संपूर्ण वसुधा को अपना परिवार मानना भारत के ऋषियों के पवित्र चिंतन की पराकाष्ठा थी। ऋषियों के लिए यह इसलिए भी आवश्यक था कि जब हम सभी एक ही परमपिता परमेश्वर की संतानें हैं तो हममें किसी भी प्रकार का विभेद, मतभेद और मनभेद नहीं होना चाहिए। परमपिता परमेश्वर की बनाई हुई इस सृष्टि के इस मानव समाज रूपी परिवार को एकता के सूत्र में बांधे रखना ऋषियों के लिए एक चुनौती भी थी और उनके लिए आवश्यक भी था। चुनौती इसलिए थी कि यदि इनमें विकार उत्पन्न हो गया तो निश्चय ही यह संसार के लिए भारी आपत्ति लाने वाला हो जाएगा। लोगों में झगड़े बढ़ेंगे। राष्ट्र का विखंडन होगा। राष्ट्र टूटेंगे तो फिर पड़ोसी राष्ट्र एक-दूसरे के रक्षक व सहायक न होकर परस्पर एक-दूसरे के खून के प्यासे हो जाएंगे। मानवता के विरुद्ध लोग आचरण करने लगेंगे और एक-दूसरे के अधिकारों का अतिक्रमण करते हुए अपने कर्तव्यों को विस्मरण कर देंगे। इसलिए भारत के लोगों ने अपने ऋषियों की पवित्र वाणी का अनुकरण करते हुए और उनके दिशा निर्देशों को हृदयंगम करते हुए वसुधैव कुटुम्बकम् को अपना राष्ट्रीय नारा बनाया। उद्घोष बनाया। जीवन का उद्देश्य बनाया। इसी के अनुसार लोग आचरण करते रहें। एक-दूसरे का हाथ में हाथ डालकर चलते रहें। एक-दूसरे के प्रति सद्भाव का भाव लेकर चलते रहे। जिससे भारतीय राष्ट्र चिरकाल तक समस्त वैश्विक समाज का सिरमौर बना रहा। भारत के इसी आदर्श आभामंडल से प्रभावित होकर संपूर्ण संसार के लोग भारत को अपना गुरु मानते थे। यही काल भारत के विश्व गुरु होने का काल था।

कालांतर में धीरे-धीरे ऐसा समय आया कि भारतीय राष्ट्र पतन की ओर अग्रसर हो गया। महाभारत युद्ध के पश्चात तो यह स्थिति और भी अधिक भयानक हो गई। यद्यपि महाभारत युद्ध के उपरांत भी भारतवर्ष के कई सम्राट ऐसे हुए जिनका विश्व के बड़े भूभाग पर शासन था परंतु भारत का जो प्राचीन गौरवशाली स्वरूप था, अब वह नहीं रहा था। उसका तेज भंग हो रहा था। जब भारत का इस प्रकार तेजी से पतन हो रहा था तभी संपूर्ण संसार में विभिन्न मत मतांतरों का प्रादुर्भाव हुआ। ईसाई मजहब को ईसामसीह ने स्थापित किया तो मोहम्मद साहब ने इस्लाम को स्थापित किया। इसी प्रकार कुछ अन्य संप्रदायों का भी विकास हुआ। ईसाई मत और इस्लाम के अनुयायियों ने भारत के लिए सबसे बड़ी चुनौती स्थापित की। संसार में जहां-जहां भी इन्होंने अपना विस्तार किया वहां-वहां से वैदिक धर्म को नष्ट कर दिया। क्योंकि संपूर्ण संसार पर आर्य राजाओं का शासन था तो स्वाभाविक था कि संपूर्ण संसार के लोगों का धर्म भी एक ही था अर्थात वैदिक धर्म। इसलिए जहां-जहां भी इस्लाम और ईसाई मत के लोग पहुंचे और उनकी तलवार ने लोगों का कत्ल करना आरंभ किया, वहां-वहां ही वैदिक धर्म के लोगों का विनाश होना समझा जाना चाहिए।

लेखकीय निवेदन

प्रत्येक जीवंत राष्ट्र के बने रहने के लिए उसके नागरिकों का एक-दूसरे के साथ पूर्ण सद्भाव के साथ जुड़े रहना बहुत आवश्यक होता है। यदि उनके भीतर किसी भी प्रकार का दुराव या दुर्भाव उत्पन्न हो जाता है तो फिर उनका एक साथ चलना कठिन हो जाता है। इससे बड़े-बड़े देशों का विघटन हो जाता है। इसीलिए यह आवश्यक माना जाता है कि देश के नागरिकों में परस्पर सद्भाव और समभाव बना रहना चाहिए। इस प्रकार के सद्भाव और समभाव को कोई न कोई ऐसा आदर्श नारा या कोई सूत्र वाक्य बनाने में बहुत अधिक योगदान देता है जिसे सभी राष्ट्रवासी स्वाभाविक रूप से स्वीकार कर लें। इस प्रकार का नारा या सूत्र वाक्य लोगों के हृदय को छूना चाहिए और स्वाभाविक रूप से उसके प्रति उनका समर्पण होना चाहिए।

हमारे देश में प्राचीन काल में ऋषियों का चिंतन सारे देशवासियों, राष्ट्रवासियों और भूमंडलवासियों के लिए समान रूप से प्रेरक हुआ करता था। वे सभी उस चिंतन को स्वीकार कर उसी के अनुसार अपना जीवन बनाने का प्रयास करते थे। सभी के भीतर एक-दूसरे को साथ लेकर चलने की पवित्र भावना होती थी। एक-दूसरे का हाथ में हाथ डालकर चलना लोगों का स्वाभाविक संस्कार था। उस स्वाभाविक संस्कार को ही राष्ट्रीय संस्कार भी कहा जा सकता था। भारत के ऋषियों ने भूमंडलवासियों को यह शिक्षा दी कि सभी संपूर्ण वसुधा को अपना परिवार स्वीकार करें।

"अयं निजः परो वेति गणना लघुचेतसाम्।
उदारचरितानां तु वसुधैव कुटुम्बकम्॥"

ऋषियों का चिंतन था कि "यह मेरा है और यह पराया है- ऐसा गुणा भाग लगाना संकीर्ण मानसिकता के लोगों का काम है। उदार चरित्र के लोग तो सारी वसुधा को ही अपना परिवार मानते हैं।"

संपूर्ण वसुधा को अपना परिवार मानना भारत के ऋषियों के पवित्र चिंतन की पराकाष्ठा थी। ऋषियों के लिए यह इसलिए भी आवश्यक था कि जब हम सभी एक ही परमपिता परमेश्वर की संतानें हैं तो हममें किसी भी प्रकार का विभेद, मतभेद और मनभेद नहीं होना चाहिए। परमपिता परमेश्वर की बनाई हुई इस सृष्टि के इस मानव समाज रूपी परिवार को एकता के सूत्र में बांधे रखना ऋषियों के लिए एक चुनौती भी थी और उनके लिए आवश्यक भी था। चुनौती इसलिए थी कि यदि इनमें विकार उत्पन्न हो गया तो निश्चय ही यह संसार के लिए भारी आपत्ति लाने वाला हो जाएगा। लोगों में झगड़े बढ़ेंगे। राष्ट्र का विखंडन होगा। राष्ट्र टूटेंगे तो फिर पड़ोसी राष्ट्र एक-दूसरे के रक्षक व सहायक न होकर परस्पर एक-दूसरे के खून के प्यासे हो जाएंगे। मानवता के विरुद्ध लोग आचरण करने लगेंगे और एक-दूसरे के अधिकारों का अतिक्रमण करते हुए अपने कर्तव्यों को विस्मरण कर देंगे। इसलिए भारत के लोगों ने अपने ऋषियों की पवित्र वाणी का अनुकरण करते हुए और उनके दिशा निर्देशों को हृदयंगम करते हुए वसुधैव कुटुम्बकम् को अपना राष्ट्रीय नारा बनाया। उद्घोष बनाया। जीवन का उद्देश्य बनाया। इसी के अनुसार लोग आचरण करते रहें। एक-दूसरे का हाथ में हाथ डालकर चलते रहें। एक-दूसरे के प्रति सद्भाव का भाव लेकर चलते रहे। जिससे भारतीय राष्ट्र चिरकाल तक समस्त वैश्विक समाज का सिरमौर बना रहा। भारत के इसी आदर्श आभामंडल से प्रभावित होकर संपूर्ण संसार के लोग भारत को अपना गुरु मानते थे। यही काल भारत के विश्व गुरु होने का काल था।

कालांतर में धीरे-धीरे ऐसा समय आया कि भारतीय राष्ट्र पतन की ओर अग्रसर हो गया। महाभारत युद्ध के पश्चात तो यह स्थिति और भी अधिक भयानक हो गई। यद्यपि महाभारत युद्ध के उपरांत भी भारतवर्ष के कई सम्राट ऐसे हुए जिनका विश्व के बड़े भूभाग पर शासन था परंतु भारत का जो प्राचीन गौरवशाली स्वरूप था, अब वह नहीं रहा था। उसका तेज भंग हो रहा था। जब भारत का इस प्रकार तेजी से पतन हो रहा था तभी संपूर्ण संसार में विभिन्न मत मतांतरों का प्रादुर्भाव हुआ। ईसाई मजहब को ईसामसीह ने स्थापित किया तो मोहम्मद साहब ने इस्लाम को स्थापित किया। इसी प्रकार कुछ अन्य संप्रदायों का भी विकास हुआ। ईसाई मत और इस्लाम के अनुयायियों ने भारत के लिए सबसे बड़ी चुनौती स्थापित की। संसार में जहां-जहां भी इन्होंने अपना विस्तार किया वहां-वहां से वैदिक धर्म को नष्ट कर दिया। क्योंकि संपूर्ण संसार पर आर्य राजाओं का शासन था तो स्वाभाविक था कि संपूर्ण संसार के लोगों का धर्म भी एक ही था अर्थात वैदिक धर्म। इसलिए जहां-जहां भी इस्लाम और ईसाई मत के लोग पहुंचे और उनकी तलवार ने लोगों का कत्ल करना आरंभ किया, वहां-वहां ही वैदिक धर्म के लोगों का विनाश होना समझा जाना चाहिए।

इस संदर्भ में हमें यह बात भी ध्यान रखनी चाहिए कि ईसाई मत वाले या इस्लाम मजहब वाले अपना विस्तार किसी अन्य धरती पर नहीं कर रहे थे और न ही उनके लिए कोई दूसरी मनुष्यों की आबादी लाकर खड़ी कर दी गई थी जिसे वह अपने मत में परिवर्तित कर रहे थे। अंततः उनके मत में परिवर्तित होने वाले लोगों का कोई न कोई तो धर्म था ही और वह धर्म केवल वैदिक धर्म था। क्योंकि वैदिक धर्म ही संसार का प्राचीनतम धर्म है। उससे प्राचीन कोई धर्म नहीं है।

इसलिए यह मान लेना चाहिए कि ईसाई मत और इस्लाम के आने से सबसे अधिक क्षति भारत के वैदिक धर्म को हुई।

इस्लाम को मानने वालों ने भारत पर सबसे पहले आक्रमण करना आरंभ किया। इसके सुल्तानों और बादशाहों ने करोड़ों भारतीयों का नरसंहार किया। उनका यह नरसंहार का कार्यक्रम कई सौ वर्ष तक चलता रहा। अभी उनकी डकैती चल ही रही थी कि बीच में ही यूरोप से ईसाई मत को मानने वाले अंग्रेज, फ्रांसीसी, डच और पुर्तगाली आ धमके। भारत पर अपना अधिकार जमाने के लिए इन यूरोपियन लोगों में भी परस्पर संघर्ष हुआ। जिनमें अंततः अंग्रेज विजयी हुए। तब अंग्रेजों ने भी भारत के लोगों पर उसी प्रकार के अत्याचार करने आरंभ किये जिस प्रकार के अत्याचार उनसे पहले मुस्लिम शासक कर रहे थे।

भारत के वीर वीरांगनाओं ने मुस्लिम शासन का भी प्राणपण से विरोध किया था। एक दिन के लिए भी भारत के लोगों ने विदेशी मुस्लिम शासन को स्वीकार नहीं किया था। इसके लिए उन्होंने अनेक प्रकार के अत्याचार सहन किये। अनेक प्रकार के नरसंहार सहन किये। परंतु झुकना स्वीकार नहीं किया। संघर्ष को उन्होंने अपना नारा बना लिया।

अंग्रेजों ने २३ जून, १७५७ में हुए प्लासी के युद्ध को अपने लिए निर्णायक घोषित किया और यह भ्रम फैलाने का प्रयास किया कि १७५७ के प्लासी के युद्ध के बाद अंग्रेजों का संपूर्ण भारत पर अधिकार स्थापित हो गया था। यद्यपि सच यह था कि १५ अगस्त, १९४७ को जब भारत स्वतंत्र हुआ तो उस समय भी संपूर्ण भारत पर अंग्रेजों का शासन नहीं था।

जब अंग्रेज भारत पर शासन कर रहे थे तो भारत के लोगों ने 'मारो फिरंगी को' का नारा बना लिया था। उन्हें कोई भी अंग्रेज भारत में राज करता हुआ अच्छा नहीं लगता था।

१८५७ में भारत के लोगों ने हुंकार भरी और अंग्रेजों को भारत से विदा करने के लिए अपना सामूहिक स्वाधीनता आंदोलन आरंभ किया। यद्यपि इस क्रांति को अंग्रेजों ने एक करोड़ से अधिक लोगों का कत्ल करके प्रति क्रांति के माध्यम से दबाने में सफलता प्राप्त

की। परंतु यह सफलता क्षणिक सफलता ही थी। वास्तव में अंग्रेज इस क्रांति को दबा नहीं पाए थे। क्योंकि अंत में इस क्रांति से भारत ने अपनी स्वाधीनता का मार्ग प्रशस्त करना आरंभ कर दिया था। जिसे उसने कभी छोड़ा नहीं। १८५७ की क्रांति में स्वामी दयानंद जी महाराज का विशेष योगदान रहा था। १८५७ में स्वामी जी महाराज ने आर्य समाज की स्थापना की। तब अंग्रेजों को लगा कि स्वामी दयानंद जी महाराज द्वारा स्थापित किया गया आर्य समाज निश्चय ही भविष्य में १८५७ की क्रांति को दोहराने का काम करेगा। इसलिए अंग्रेजों ने स्वामी दयानन्द जी महाराज के आर्य समाज के आंदोलन की हवा निकालने के लिए अपने एक सेवानिवृत अधिकारी के माध्यम से भारतीय राष्ट्रीय कांग्रेस की स्थापना १८८५ में कराई। इस संगठन का उद्देश्य अंग्रेजों को सुरक्षा कवच प्रदान करना था। इसके नेताओं ने पहले दिन से इस बिंदु पर काम करना आरंभ किया कि भारत के लोगों के आक्रोश को शांत कर उन्हें अंग्रेजी शासन के लाभ गिनवाए जाएं।

कांग्रेस इसी बिंदु पर काम करते जा रही थी। परंतु एक समय ऐसा आया जब इसे आर्य समाज के नेताओं ने अपना मंच बना लिया। जिससे अंग्रेजों को और भी अधिक डर लगने लगा। जब स्वामी दयानंद जी महाराज ने आर्य समाज की स्थापना की थी तो उसी वर्ष बंकिम चंद्र चटर्जी ने ७ नवंबर, १८७५ को वन्देमातरम् गीत की रचना की थी। बाद में उन्होंने अपने इस गीत को अपने उपन्यास आनंद मठ में प्रस्तुत किया था। इस गीत ने पहले दिन से भारत में केसरिया रंग बख़ेरना आरंभ कर दिया था। इसने लोगों का ध्यान अपनी ओर आकर्षित किया। हर मंच पर वन्देमातरम् गया जाने लगा जल्द से जुलूस में भी लोग वन्देमातरम् का नारा लगाने लगे। इस प्रकार अंग्रेजों के लिए वन्देमातरम् परेशानी का कारण बन गया। इसने उनके दिन का चैन और रातों की नींद समाप्त कर दी। तब अंग्रेजों ने इस गीत पर प्रतिबंध लगा दिया। परंतु भारत के क्रांतिकारी थे कि अंग्रेजों के किसी प्रतिबंध की चिन्ता नहीं कर रहे थे और इस गीत को निरंतर गाते जा रहे थे।

ऐसी परिस्थितियों में अंग्रेजों ने नई चाल चली। उन्होंने मुसलमानों पर हाथ रखना आरंभ किया। उनको समझाया कि तुम हिंदुओं के साथ मिलकर वन्देमातरम् मत बोलिए। इसके लिए हम तुम्हें मनचाहा पुरस्कार देंगे। मुसलमानों ने भी अंग्रेजों का साथ देना स्वीकार कर लिया और अपने ही देश के विरुद्ध जाकर वन्देमातरम् गाने से इनकार कर दिया। यद्यपि उन्होंने इसके लिए स्पष्ट रूप से कुछ धार्मिक कारण बताए परंतु वास्तविकता इसके विपरीत थी। कांग्रेस ने ऐसी स्थिति में मुस्लिम तुष्टिकरण की नीति अपनानी आरंभ की। वह अंग्रेजों का भी भला बने रहना चाहती थी और मुसलमानों को भी गोद में लिये रखना चाहती थी।

यदि कांग्रेस के नेता मुस्लिम तुष्टिकरण की नीति को त्याग कर केवल और केवल

देश के लिए कार्य करते तो देश का विभाजन कभी नहीं होता। परंतु कांग्रेस पार्टी के नेता 'मुस्लिम तुष्टिकरण' और 'वोटों की राजनीति' के चलते हर कदम पर मुस्लिम लीग और मोहम्मद अली जिन्ना के सामने तो झुकते ही रहे, स्वाधीनता के पश्चात भी मुस्लिम नेताओं के सामने पानी भरते रहे। जिसके चलते वन्देमातरम् का विरोध निरंतर बना रहा। इन लोगों के आचरण ने कांग्रेस को एक रीढ़विहीन, सिद्धांतविहीन और आदर्शविहीन संगठन बनाकर रख दिया। जिन बातों को कांग्रेस ने अपना आधार अर्थात रीढ,सिद्धांत और आदर्श घोषित किया वास्तव में खोखली थीं। उनसे देश के निवासियों को गुमराह तो किया जा सकता था परंतु वे देश की समस्याओं का समाधान नहीं खोज सकती थीं। कांग्रेस के इन्हीं तथाकथित सिद्धांतों और आदर्शों में उसका एक आदर्श मुस्लिम तुष्टिकरण का रहा है, जिसे उदाहरण के रूप में लिया जा सकता है।

कांग्रेस ने मुस्लिम तुष्टिकरण के आधार पर अपनी सत्ता में बने रहने की भूख को मिटाने में चाहे कुछ देर के लिए सफलता प्राप्त कर ली हो, परंतु उसका मुस्लिम तुष्टिकरण देश की समस्याओं का समाधान न देकर उन्हें और अधिक उलझाने में ही सहायक सिद्ध हुआ। यद्यपि इसके आधार पर कुछ देर के लिए उसने देश के बहुसंख्यक हिंदू समाज का मूर्ख बनाने में भी सफलता प्राप्त कर ली। हिंदुओं को भ्रमित किया गया कि तुम उदार हो और अहिंसा तुम्हारी नीति, रणनीति और राजनीति में बसी हुई है। अहिंसा ही तुम्हारे धर्म का आधार है। इसलिए शत्रु चाहे तुम्हें कितना ही उत्पीड़ित करें और चाहे तुम पर कितना ही अत्याचार करें परंतु तुम्हें प्रतिकार नहीं करना है। इस प्रकार हिंदू को एक असहाय प्राणी बनाकर कांग्रेस ने रखने का प्रयास किया। जब हिंदू समाज को कांग्रेस की वास्तविकता का बोध हुआ तो उसने धीरे-धीरे कांग्रेस से पीठ फेर ली। दु:ख की बात यह है कि कांग्रेस इस स्थिति में भी अपने आप को सुधारने की ओर बढ़ना नहीं चाहती।

यही कारण रहा कि कांग्रेस ने वन्देमातरम् के प्रति अब से लगभग १०० वर्ष पूर्व जो नीति है, रणनीति अपनाई थी उसी पर वह आज भी चल रही है। सांप्रदायिक आधार पर देश का विभाजन हो गया तो फिर वन्देमातरम् का विरोध करना कांग्रेस के लिए कितना उचित हो सकता था? या कितना उचित हो सकता है? इस पर कांग्रेस ने कभी सोचा ही नहीं। उसने 'वन्देमातरम्' का विरोध करना निरंतर जारी रखा और यह आशा पाल ली कि यदि वह बहुसंख्यक हिंदू समाज का, उसकी धार्मिक आस्था का और उसके राष्ट्रीय प्रतीकों का अपमान करेगी तो इससे मुस्लिम उसके साथ एक मतदाता के रूप में जुड़े रहेंगे।

इसीलिए कांग्रेस ने अब वन्देमातरम् के १५० वर्ष पूर्ण होने के अवसर पर देश की संसद में हुई चर्चा में भाग लेते हुए इसके प्रति अपना वही पुराना राग अलापने का काम

किया। कांग्रेस के नेताओं ने सोचा कि मुस्लिम तुष्टिकरण की नीति पर चलते हुए यदि वे वन्देमातरम् का निरंतर विरोध जारी रखेंगे तो उन्हें मुसलमानों की सहानुभूति अवश्य प्राप्त होगी। जिसे कांग्रेस सत्ता में वापसी के लिए अपना एक हथियार बना लेगी। यही कारण रहा कि संसद में कांग्रेस के सभी नेताओं ने 'वन्देमातरम्' को लेकर अपनी पुरानी रटी-रटाई बातों को ही दोहराया।

देश के जागरूक नागरिकों के भीतर एक प्रश्न बार-बार उभरता है कि 'वन्देमातरम्' को लेकर देश में बार-बार बवाल क्यों होता है? कांग्रेस की परंपरागत 'मुस्लिम तुष्टिकरण' की नीति, छद्म धर्मनिरपेक्ष राजनीतिक दलों की कांग्रेस की नीतियों को अपनाने की रणनीति और मुसलमानों का राष्ट्रवाद के बिंदु पर निरंतर विरोध में जाकर खड़े होना, क्या इस बार-बार के बवाल का एकमात्र कारण है या कुछ और भी कारण हैं, जिनके कारण देश में बवाल होता है? यदि वन्देमातरम् को लेकर बवाल होता है तो क्या वन्देमातरम् में कुछ ऐसा है जो बवाल का कारण है? इसकी ऐतिहासिक पृष्ठभूमि क्या है? राष्ट्रीय संदर्भ में इसका कितना महत्व है? हमारे क्रांतिकारी स्वाधीनता आंदोलन में इसकी क्या भूमिका रही है? वर्तमान में यह हमें कितनी प्रेरणा दे सकता है? और भविष्य में कितनी प्रेरणा देता रहेगा? इसको लेकर कांग्रेस ने क्या कपट जल रचा और क्यों यह देश के राष्ट्रवादी हिंदूवादी संगठनों को प्रिय लगता है? इन सभी प्रश्नों को लेकर और उनका उत्तर खोजने के दृष्टिकोण प्रेरित होकर यह पुस्तक लिखी गई है।

पुस्तक के प्रकाशन में डायमंड पॉकेट बुक्स के चेयरमैन आदरणीय नरेंद्र कुमार वर्मा जी का विशेष धन्यवाद ज्ञापित करता हूं जिन्होंने इस पुस्तक को यथाशीघ्र आपके हाथों तक पहुंचाने में सराहनीय योगदान दिया है। अपने सभी प्रियजनों परिजनों के शुभ आशीर्वाद और शुभकामनाओं के लिए उनका धन्यवाद ज्ञापित करता हूं। साथ ही साथ परमपिता परमेश्वर की असीम कृपा को भी हृदय की गहराइयों से नमन करता हूं, जिसकी कृपा के बिना कभी कुछ हो नहीं पाता।

आशा करता हूं कि आपको मेरा यह प्रयास अवश्य ही रुचिकर लगेगा और आज की युवा पीढ़ी इसे अवश्य ही लाभान्वित होगी।

२८ दिसंबर, २०२५ भवदीय

डॉ. राकेश कुमार आर्य

निवास : सी.ई.-121, अंसल गोल्फ लिंक, तिलपता चौक,

ग्रेटर नोएडा, जनपद गौतमबुद्ध नगर , उत्तर प्रदेश,

पिन कोड- 201306 चलभाष : 9911169917

ugtabharat@gmail.com

अनुक्रम

अध्याय-1

क्या होती है राष्ट्र वन्दना?

भारत की वैदिक संस्कृति परकल्याण की संस्कृति है। कृतज्ञता की संस्कृति है। देवों की संस्कृति है। हमें जो कोई कुछ कहीं से देता है, हम उसके प्रति कृतज्ञता का भाव रखते हैं और जीवन भर रखते हैं। इसी से हमारे यहां पर कथित रूप से बहुदेवतावाद का विस्तार और विकास हुआ। जिसने भी हमको कुछ दिया, हमने उसी के प्रति श्रद्धा का भाव हृदय में बसा लिया। यह है- भारत। यह है- भारतीयता। यही है- भारतीय संस्कृति की जीवंतता। यही है सनातन का सत्यस्वरूप।

हमने अपनी मातृभूमि के प्रति भी श्रद्धा का भाव रखा। उस पर मर मिटने का भाव रखा। बलिदान देने का भाव रखा। क्योंकि हमारी मातृभूमि हमको जीवन देती है। जीने के सारे साधन देती है। उन साधनों से ही हमारी साधना पूर्ण होती है और उन साधनों के बल पर ही हमें मोक्ष की प्राप्ति होती है। इस प्रकार मातृभूमि हमारे धर्म की साधना में हमारा साथ देती है। जिससे हमारा इहलोक और परलोक दोनों सधते हैं। इसका लौकिक स्वरूप हमारे अभ्युदय की प्राप्ति में सहायक होता है। हमारी साधना की ऊंचाई हमको निश्रेयस की सिद्धि की ओर ले जाती है।

अथर्ववेद ने हमको बताया कि राष्ट्र एक माता है। यह माता हमारा निर्माण करती है। हमारे जीवन को ऊंचाई देती है। जीवन की साधना को सफल करती है। इसलिए इसके प्रति कृतज्ञ रहो। झुके रहो इसके समक्ष। राष्ट्र ने तुमको तुम्हारी उन्नति का जो सुंदर से सुंदर परिवेश बना कर दिया है, वह परिवेश अक्षुण्ण रहे और उसमें कोई शत्रु आकर सेंध न लगाए। कोई उसकी श्रृंखला को तोड़ने में सफल न हो पाए। इसके लिए सदा सावधान रहो। राष्ट्र को उसके शत्रुओं से बचाने के लिए यदि आपको अपना बलिदान भी देना पड़े तो निसंकोच दे दो। गुरु गोविंद सिंह जी और बंदा बैरागी जैसे वीर योद्धाओं के बलिदानों को

हमें इसी रूप में देखना चाहिए। इस प्रकार के बलिदान राष्ट्र की रक्षा के लिए तो आवश्यक हैं ही राष्ट्रवासियों के लिए भी आवश्यक हैं। ऐसे बलिदानों से ही राष्ट्रवासियों के लिए वह सुंदर परिवेश बनाए रखने में हमको सहायता मिलती है, जिसके कारण उनको सब प्रकार की उन्नति के अवसर उपलब्ध होते हैं। सबके कल्याण के लिए अर्थात सब प्रत्येक प्रकार की उन्नति को प्राप्त हो सकें, इसके लिए यदि मेरा बलिदान भी होता है तो मैं कर दूं। यह भाव हमारी वैदिक संस्कृति का है। इसी को परकल्याण कहते हैं। इसी को जीवन की ऊंचाई कहते हैं। अथर्ववेद का कहना है कि :-

"माता भूमिः पुत्रो अहं पृथिव्याः पर्जन्यः पिता स उ नः पिपर्तु॥"

भावार्थ है कि यह भूमि (पृथ्वी) हमारी माता है और हम सब इसके पुत्र हैं। अपनी मातृभूमि अर्थात् राष्ट्रभूमि के प्रति हम सदा श्रद्धा से भरे रहें। इसके नदी, नाले, पर्वत इसकी हवाएं, इसके सूर्य का प्रकाश ये सब हमारे कल्याण के लिए हैं। इस पर उगने वाली फसलें, वनस्पतियां, पेड़-पौधे आदि हमारे जीवन निर्माण के लिए हैं। इसकी नदियों, झीलों और इसके गर्भ में मिलने वाला जीवन मीठा जल हमारे लिए जीवनप्रद है। इस प्रकार यह मातृभूमि हमारे लिए चौबीसों घंटे जीवन देने वाली है। हमारे लिए ही सांस ले रही है। मानो हमारे लिए ही जी रही है। मानो हमारे लिए ही संघर्ष कर रही है। इसका एक-एक पल हमारे लिए है। 'पर्जन्य' अर्थात मेघ हमारे पिता हैं। जैसे पिता अपने प्रेम की वर्षा कर हमारे जीवन का निर्माण करता है, उसकी रक्षा करता है। उसको पुष्पित और पल्लवित होने का अवसर प्रदान करता है, उसी प्रकार पर्जन्य भी हमारे लिए काम करते हैं। यह मातृभूमि और पर्जन्य दोनों मिल कर हमारा 'पिपर्तु' अर्थात पालन करते हैं।

इनके अस्तित्व के बिना हमारा अस्तित्व नहीं। ये हैं तो हम भी हैं और ये नहीं है तो हम भी नहीं हैं। यह अथर्ववेद के १२वें कांड, सूक्त १ की १२वीं ऋचा है।

वेद का ऋषि आगे कहता है– "यस्यां वेदिं परिगृह्णन्ति भूम्यां यस्यां यज्ञं तन्वते विश्वकर्माणः।" – **अथर्ववेद** (१२.१.१३)

अर्थात इस भूमि पर हम 'विश्वकर्माण' अर्थात सृजनशील मनुष्य यज्ञवेदियों का निर्माण करके यज्ञों का विस्तार करने वाले बनें। यज्ञों का विस्तार करना पर कल्याण की भावना को अपने आंतरिक जगत में स्थान देना होता है। हमारी सृजनशीलता इसमें है कि हम अपनी मातृभूमि और पर्जन्य दोनों से यह शिक्षा लें कि हम दूसरों के लिए जिएंगे। दूसरों के लिए मरेंगे। अपने लिए तो पशु मरते हैं। अपने लिए ही वे जीते भी हैं। परन्तु हम तो मनुष्य हैं, हमें तो दूसरों के लिए जीना है। वैदिक संस्कृति की रक्षा के लिए जीना है। उसके विस्तार के लिए जीना है। जैसे मातृभूमि और पर्जन्य दोनों परकल्याण के लिए जी रहे हैं, हमको

भी अपने इन माता-पिता के संस्कार अपने लिए प्राप्त करने हैं। मां से कहेंगे कि तेरे दूध को हम लजाएंगे नहीं और पिता से कहेंगे कि तेरे दिए संस्कारों को हम छोड़ेंगे नहीं। तब वैदिक संस्कृति का रक्षण होगा। संरक्षण होगा।

हम सभी जानते हैं कि राष्ट्र एक अमूर्त भावना है। यह दिखाई नहीं देती। फिर भी हम सबसे अपेक्षा की जाती है कि हम राष्ट्र की सेवा करें। तब प्रश्न आता है कि जो दिखाई नहीं देता, उसकी सेवा कैसे की जाएगी?

यह जो राष्ट्र नाम की अमूर्त भावना है, यह विद्वानों, सैनिकों, किसानों, मजदूरों, स्त्रियों, पशुओं आदि के घटकों से बनती है। मेरे देश के विद्वान सुरक्षित रहें, उनका चिंतन निरंतर राष्ट्र की उन्नति के लिए काम करता रहे, उन्हें ऐसा परिवेश उपलब्ध कराया जाए, ऐसी सुविधाएं उपलब्ध कराई जाएं कि वे संसार के कल्याण के लिए निरंतर बिना किसी बाधा और बिना किसी विघ्न के काम करते रहें, यह राष्ट्र की सेवा है। मेरा देश मेरे राष्ट्र के वीर सैनिकों से सुरक्षित रहता है। उनके लिए वे सारी सुविधाएं उपलब्ध होनी चाहिए जो उनके और उनके जीवन के लिए आवश्यक हैं। वे मेरे राष्ट्र के लिए अपने प्राणों को हथेली पर लिए घूमते हैं। इसलिए उनके परिजनों के प्रति हम सम्मान का भाव रखें, उनका किसी प्रकार से उत्पीड़न न करें। राष्ट्र पर बलिदान देने वाले अपने सैनिक योद्धाओं के प्रति सदैव कृतज्ञ बने रहें, यह भी राष्ट्र की सेवा है।

मेरा राष्ट्र मेरे किसानों की समृद्धि से बनता है। उनके लिए प्रत्येक प्रकार के साधन संसाधन उपलब्ध रहें, जिससे वे आधुनिक ढंग से खेती कर अधिक से अधिक निरोग फसल उगाने में सफल हों और अन्न आदि की आपूर्ति कर समग्र राष्ट्र में उन्नति के सभी साधन उपलब्ध कराते रहें, उनकी फसल का उचित मूल्य प्राप्त हो और वे राष्ट्र में किसी भी प्रकार से पिछड़ने ना पाएं, इस प्रकार का परिश्रम और पुरुषार्थ करना राष्ट्र की सेवा है। राष्ट्र की वंदना है। हमारे देश के मजदूरों के चेहरों पर भी मुस्कान रहे, उनका उचित पारिश्रमिक कभी किसी के द्वारा रोका न जाए, उनकी मजदूरी को उनका अधिकार मानकर उनके प्रति सहज, सरल और विनम्र बने रहना और उन्हें भी मुस्कुराने और प्रसन्न रहने के सभी अवसर उपलब्ध कराने का प्रयास करना भी राष्ट्र की सेवा है। उनके परिश्रम का सम्मान करना मानो उनका सम्मान करना नहीं है, यह राष्ट्र की सेवा है- ऐसा मानना चाहिए।

देश की नारी शक्ति के प्रति सम्मान का भाव रखना उनके मातृत्व और उनके स्त्री सुलभ गुणों का सम्मान करना, उनके लिए सुरक्षित वातावरण सृजित करना, वेद की आज्ञा के अनुसार उन्हें शिक्षा का अधिकार देते हुए अपना सर्वांगीण विकास करने में सहायक होना भी राष्ट्र की सेवा है। उनके अधिकारों का हनन करना या उन्हें शिक्षा से वंचित

करना- राष्ट्र को अपंग करना है। सुसंस्कृत संतान के निर्माण में उनकी भूमिका और उनके योगदान को ससम्मान स्वीकार करना स्वयं अपने जीवन में भी उनकी महत्वपूर्ण भूमिका को स्वीकार करना भी राष्ट्र की सेवा है।

पशु आदि भी हमारे लिए उपयोगी होते हैं। परमपिता परमेश्वर ने कोई भी पशु, पक्षी, वनस्पति ऐसी नहीं बनायी जिसकी कोई उपयोगिता न हो। मनुष्य इन सब में सर्वोपरि हैं तो उसका अर्थ यह नहीं हो जाता कि वह इन सब के ऊपर निरंकुशता से शासन करने का अधिकार रखता है, वह उनके जीवन को भंग नहीं कर सकता, कुछ विशेष परिस्थितियों को छोड़कर मनुष्य इन पशु, पक्षियों आदि के जीवन के जीने के अधिकार को छीन नहीं सकता। वह इन पर राजा की भांति प्रेम भरी वर्षा करेगा। राजा का कार्य प्रजा संरक्षण होता है। इसलिए बौद्धिक रूप से इन सब में अधिक सक्षम और समर्थ होने के कारण मनुष्य इन सब का संरक्षक है। अतः पशु, पक्षी, वनस्पति आदि का भी संरक्षण करना, जीने के लिए उन्हें उचित परिवेश उपलब्ध कराना, यह भी राष्ट्र की सेवा है। पशु भी जीवित रहने चाहिए। पक्षी भी जीवित रहने चाहिए। वनस्पतियों का भी अस्तित्व रहना चाहिए। ऐसा भाव बनाए रखना राष्ट्र की सेवा है। आज जो लोग पशु-पक्षियों को मारकर खा रहे हैं वे राष्ट्र के शत्रु माने जाने चाहिए। इसी प्रकार कीटनाशकों के नाम पर कीड़े मकोड़ों का विनाश करना या अनेक प्रकार की वनस्पतियों को विनष्ट करना भी राष्ट्र के साथ द्रोह करना है।

राष्ट्र का एक घटक भूमि भी होता है। बिना भूमि के किसी राष्ट्र की कल्पना नहीं की जा सकती। अतः अपनी मातृभूमि के प्रति पूर्ण समर्पण रखना उसे देवी के रूप में सम्मान देना, माता के रूप में उसके प्रति श्रद्धा भाव रखना, प्रत्येक नागरिक का (अपने देशवासियों को हम 'आर्य' कहते हैं इसलिए प्रत्येक आर्य का) परम कर्तव्य है। इसीलिए वेद ने भूमि को माता कहा है और राष्ट्रवासियों को उसका पुत्र कहा है। वेद का कितना सुंदर चिंतन है? कितना उत्कृष्ट चिंतन है? राष्ट्र भूमि, मातृभूमि और उसके निवासियों का कितनी सुंदर उपमा से वर्णन किया गया है। जैसे परिवार में एक ही माता की अनेक संतानें एक-दूसरे का ध्यान रखती हैं, वैसे ही हम राष्ट्रवासी होकर एक ही माता के पुत्र होकर एक-दूसरे का सम्मान करें। एक-दूसरे का ध्यान रखें- यह राष्ट्र सेवा है।

वेद का चिंतन आज भी सारे भूमंडल के देशों के लोगों का मार्गदर्शन कर रहा है। यही कारण है कि संसार के अधिकांश देश ऐसे हैं जो मातृभूमि के प्रति समर्पण का भाव रखते हैं। उसकी प्रतिमा बनाकर, उसे 'मादरे वतन' या मदरलैंड या मातृभूमि कहकर उसका सम्मान करते हैं। नास्तिक से नास्तिक देश भी अपनी मातृभूमि के प्रति इसी प्रकार की श्रद्धा का भाव रखता है। इससे यह बात स्पष्ट हो जाती है कि संसार में वैदिक संस्कृति के

संस्कार आज भी कहीं न कहीं लोगों को हृदय से प्रभावित कर रहे हैं। उन्हें चाहे किसी ने अलग-अलग समय पर आकर किसी भी प्रकार की शिक्षा क्यों न दी हो, उनके धर्म गुरुओं ने या उनके संप्रदाय के प्रवर्तकों ने उन्हें चाहे जिस प्रकार से भ्रमित करने का प्रयास किया हो, परंतु वे आज भी वैदिक चिंतन को ही जीवन का आधार मानते हैं। क्योंकि उस चिंतन में उनको आत्मिक आनंद की अनुभूति होती है।

इस प्रकार राष्ट्र सेवा का अभिप्राय है राष्ट्र के प्रत्येक घटक को सींचना। उसके योगदान को स्वीकार करना। उसके योगदान को राष्ट्राभिव्यक्ति प्रदान करना। जिस प्रकार एक ही गाड़ी में विभिन्न पुर्जे होते हैं और उन सबके सहयोग से ही इंजन गाड़ी को एक स्थान से दूसरे स्थान पर ले जाने में सफल होता है, उसी प्रकार राष्ट्र का प्रत्येक घटक राष्ट्ररूपी गाड़ी के इंजन का पुर्जा है। इसलिए राष्ट्र के निर्माण में अथवा राष्ट्र को गतिशील बनाए रखने में किसी का भी योगदान कम नहीं हो सकता। सभी का समान योगदान है। इस प्रकार सभी के योगदान को स्वीकार करना और उसे सम्मान देना राष्ट्र की सेवा है। इसीलिए वेद ने और हमारे ऋषियों ने वर्ण व्यवस्था दी। उसमें ब्राह्मण, क्षत्रिय, वैश्य और शूद्र की कल्पना की। वह कल्पना भी मात्र कल्पना नहीं है। वेद ने उसे 'समाज' का नाम देकर सबको सामूहिक अभिव्यक्ति दी। समाज को वर्ण के आधार पर विभक्त नहीं किया जा सकता। आप यह नहीं कह सकते कि यह व्यक्ति ब्राह्मण समाज से है, यह क्षत्रिय समाज से है, यह वैश्य समाज से है और यह शुद्र समाज से है। समाज सभी का सामूहिक संबोधन है। जिस प्रकार राष्ट्र का विखंडन नहीं हो सकता, उसी प्रकार समाज का भी विखंडन नहीं हो सकता।

समाज को तोड़ना राष्ट्र को विकलांग करना होता है। समाज की विसंगतियों का, विषमताओं का और समाज की कुरीतियों का राष्ट्र पर प्रभाव पड़ता है। उसके मनोबल पर प्रभाव पड़ता है, उसका आत्मबल क्षीण होता है। इसलिए समाज की सेवा भी वही मानी जाती है जिससे समाज की विसंगतियों, विषमताओं और कुरीतियों का निवारण होता हो। यदि कोई व्यक्ति किसी भी प्रकार की विसंगति, विषमता अथवा कुरीति का कहीं समर्थन करता है या उसे फैलाने का या बढ़ाने का काम करता है तो वह राष्ट्र को कमजोर करता है। यदि कोई व्यक्ति किसी जाति विशेष को समाज कहकर उसके नाम पर नेतागिरी करता है और इस नेतागिरी को ही समाज की सेवा कहता है तो वह राष्ट्र का शत्रु होता है।

राष्ट्र को जातियों में नहीं तोड़ा जा सकता। राष्ट्र को भाषा में भी नहीं तोड़ा जा सकता। राष्ट्र को क्षेत्रवाद में भी नहीं देखा जा सकता। राष्ट्र को किसी भी प्रकार की संकीर्णता में लाकर खड़ा करना उसके साथ अपघात करना होता है। जब इस प्रकार की संकीर्णताओं में राष्ट्र को खड़ा करने का प्रयास किया जाने लगता है, तब राष्ट्र का विखंडन निश्चित हो

जाता है। इसलिए विवेकशील लोग सामाजिक संकीर्णता को मिटाने के लिए संघर्ष करते हैं। क्योंकि सामाजिक संकीर्णता राष्ट्र को दुर्बल करती है। जब इनका अस्तित्व मिट जाता है तो राष्ट्र सबल, सक्षम और समर्थ होता है।

स्वामी दयानंद जी महाराज ने श्रेष्ठ लोगों की संगति को समाज कहा। उनके साथ मिलकर काम करने को राष्ट्र की सेवा कहा। यही कारण है कि आर्य समाज किसी भी प्रकार की संकीर्णता का समर्थन नहीं करता। जो समाज का नहीं हो सकता वह राष्ट्र का भी नहीं हो सकता। जो व्यक्ति समाज में रहकर तोड़फोड़ करता है, वहां पर विखंडन के बीज बोता है, वह राष्ट्र का भी कभी कल्याण नहीं कर सकता। कई बार ऐसे विखंडन से वह जनप्रतिनिधि बन सकता है, किसी पार्टी का नेता बन सकता है। परंतु जनप्रतिनिधि बन जाना अथवा किसी पार्टी का नेता बन जाना राष्ट्र सेवी बन जाना नहीं होता। जो व्यक्ति जनप्रतिनिधि बनकर या किसी पार्टी का नेता बनकर अपने आपको राष्ट्र सेवी घोषित करता है, वह लोगों की आंखों में धूल तो झोंक सकता है, परंतु कभी राष्ट्र का भला नहीं कर सकता। इस प्रकार संप्रदाय, जाति, क्षेत्र, भाषा आदि की राजनीति करना और उनके आधार पर अपने आप को कहीं से जनप्रतिनिधि बना लेना राष्ट्र सेवा का प्रमाण पत्र नहीं होता।

'वन्देमातरम्' हमारी इसी राष्ट्र सेवा की अभिव्यक्ति है। जो लोग आज वन्देमातरम् का विरोध कर रहे हैं, उन्हें पता होना चाहिए कि राष्ट्र सेवा ही राष्ट्र वंदना है। अपनी मातृभूमि के प्रति कृतज्ञ होना ही राष्ट्र वंदना है। वन्देमातरम् है। मनुष्य का धर्म है कि वह अपने राष्ट्र के प्रति समर्पित हो। राष्ट्र के प्रत्येक पुर्जे अर्थात घटक के प्रति सम्मान का भाव रखे। दूसरे का माल मेरा, दूसरे की बहन बेटियां मेरे लिए उपभोग की वस्तु - यह सोच राष्ट्र की प्रगति में बाधक है। आतंकवाद, तोड़फोड़, खूनखराबा, हिंसा यह सब भी राष्ट्र की दुर्गति के प्रतीक हैं। ऐसे लोगों को वन्देमातरम् का विरोध करने का अधिकार नहीं दिया जा सकता जो राष्ट्र की दुर्गति को आमंत्रित करने के कार्यों में लगे हैं। अतः सरकार को चाहिए कि वन्देमातरम् के विरोधी को राष्ट्रद्रोही घोषित किया जाए।

अध्याय-2

स्वराज्य, विश्व कल्याण और वन्देमातरम्

वेद मनुष्य को शिक्षा देता है कि वह 'सामूहिक कल्याण' पर ध्यान केंद्रित करे। जब वेद ने अपना 'संगठन सूक्त' बनाकर हमको दिया तो उसमें संपूर्ण विश्व के मानव समाज से यह अपेक्षा की गई कि वह सब के कल्याण के लिए अर्थात सामूहिक कल्याण के लिए अपने आप को समर्पित करें। उसका चिंतन वैश्विक चिंतन हो। उसका मानस वैश्विक मानस हो। व्यष्टिवाद की संकीर्णता से बाहर निकलकर वह समष्टि के बारे में सोचे। इतनी ऊंचाई पर जाकर सोचे कि जहां ऊंचाई का भी अंत हो जाए और जहां से नीचे देखने की भी संभावना न हो। यदि ऊंचाई का अंत होना संभव नहीं तो समझ लीजिए कि आपके चिंतन की ऊंचाई का अंत होना भी संभव नहीं। आपकी उड़ान निरंतर ऊपर की ओर होती रहनी चाहिए और यह केवल आपकी अपनी व्यक्तिगत उड़ान न हो, यह समस्त समाज की उड़ान हो। आप सब को साथ लेकर उड़ने वाले हों। आप उस उड़ान के लिए अपने आप को प्रस्तुत कर दें। आनंद आ जाएगा।

आनंद का चस्का लग जाएगा

जीवन के उस मधुमास की कल्पना कीजिए जिसमें आप आनंद की इन अनुभूतियों में अपने आप को खोया हुआ अनुभव कर रहे होंगे। यदि आपकी कल्पना में भी वह आनंद आ गया तो आप को 'आनंद का चस्का' लग जाएगा। फिर आप आनंद के रसिया हो जाओगे। उस आनंद की खोज निरंतर जारी रहनी चाहिए, जिसमें आप सबके हो जाते हो और सब आपके हो जाते हैं। जिसमें आप सबके लिए कार्य करते हो और सब आपके लिए कार्य करते हैं। जिसमें आप संपूर्ण भूमंडल को अपना परिवार समझते हैं और संपूर्ण भूमंडल आपको अपने परिवार का एक सदस्य मानता है।

यह बड़ा प्यारा सौदा है। इस हाथ दो और उस हाथ हजारों गुणा लाभ फटाफट प्राप्त करो। इस आनंद की प्राप्ति के लिए "पहले आओ - पहले पाओ" नहीं चलता है, यहां तो "सारे आओ - सारे पाओ" चलता है। हमने सबके साथ मिलकर चलने के इस प्यारे सौदा को गंवाकर "सबके साथ बिगाड़कर चलने" का घाटे का सौदा उठा लिया। उस घाटे के सौदा में हम निरंतर दलदल में फंसते जा रहे हैं। जितना ही निकलने का प्रयास करते हैं, उतना ही नीचे धंसते रहे हैं। इसके उपरांत भी यह नहीं समझ पा रहे हैं कि चूक कहां हो गई थी?

वेद का 'संगठन सूक्त' पढ़ा तो सही, यज्ञ पर भी बार-बार दोहराया। परंतु हृदय में उतारकर अपने ऊपर क्रियान्वित नहीं किया। हम विपरीत दिशा में चलते रहे और सही दिशा में बढ़ने वाले लोग हमारे पास से निकलते चले गए। बहुत देर बाद जाकर पता चला कि जो सही रास्ते पर जा रहे थे वह तो बहुत पहले हमारे पास से निकलकर बहुत दूर जा चुके हैं- जीवन निकल गया तो जीने का ढंग आया।

मेला उजड़ने लगा तो ध्यान आया...

जीवन के संगीत को उस समय समझने का प्रयास करना आरंभ किया जब संगीत (वैदिक संस्कृति में हमारे शरीर को एक वाद्ययंत्र कहा गया है) के सारे तार ढीले पड़ चुके थे। जब सारा वाद्य यंत्र जवाब दे चुका था, तब उसे सही ढंग से बजाने का प्रयास करना आरंभ किया। जब जीवन मेला उजड़ने लगा, तब आपको मेले में आनंद आने लगा। तब आप यह कामना करने लगे कि मेला अभी और लगना चाहिए।

जब आपसे लोगों ने मुंह फेर लिया तब आपने यह सोचना आरंभ किया कि सब मुझे देखें और मुझे सुनें।

हमारा स्वराज्य हमें सामूहिक कल्याण की शिक्षा देता है। ऋग्वेद का 'संगठन सूक्त' हमें इसी मार्ग पर आगे बढ़ने के लिए प्रेरित करता है। यजुर्वेद (२२/२२) में जहां पर हमारा राष्ट्रगान दिया गया है,वहां पर गुणवान नागरिकों की कामना की गई है। परमपिता परमेश्वर से प्रार्थना की गई है कि हमारे राष्ट्र में ऐसे गुणीजन हों जिनके रहते किसी को भी किसी प्रकार के अभाव की अनुभूति न हो। सबके घरों में समृद्धि हो, प्रसन्नता हो, संपन्नता हो।

गुणवान बनें, धनवान बनें,
जनवान बनें सब जग वाले,
परमार्थ करें सब स्वार्थ तजें,
हर काज करें भोले-भाले।

धड़कन को सुनें फड़कन को सुनें,
श्वासन को सुनें दुनिया वाले।
कुछ भी करें - बस, ध्यान रहे,
हम काम करें, भक्ति वाले।

वेद की गुणवान नागरिकों की कामना 'वसुधैव कुटुंबकम' के आदर्श को प्राप्त करने की कामना है। सारे संसार को आर्य अर्थात गुणवान नागरिकों का परिवार बना देने की कामना है। यह तभी सम्भव होगा जब संपूर्ण भूमंडल पर आर्यों का राज्य होगा। जब 'आर्य, आर्यावर्त, आर्य-भाषा' का सर्वत्र बोलबाला होगा, जब तक समाज में अन्याय होगा, जब तक समाज में अभाव होगा, और अज्ञान होगा, तब तक आपका आर्य, आर्यावर्त, आर्य भाषा का अथवा 'हिंदी- हिन्दू - हिंदुस्तान' का सपना साकार नहीं हो पाएगा।

स्वामी दयानंद जी महाराज का उद्देश्य

जब स्वामी दयानंद जी महाराज ने अंग्रेजों के शासन के विरुद्ध देश के लोगों को उठ खड़े होने की प्रेरणा देना आरंभ किया तो उनका उद्देश्य लोगों को समझ में आ गया कि स्वामी जी की मान्यता यही है कि यदि स्वदेश, स्वराज, स्वभाषा , स्वसंस्कृति का कल्याण चाहते हो तो ' आर्य-आर्यावर्त-आर्य भाषा' के प्रति समर्पित हो जाओ और विदेशी गुलामी के जुए को उतार फेंको।

जब स्वामी जी इस प्रकार का आह्वान कर रहे थे, तब वह आह्वान 'वन्देमातरम्' का आह्वान था अर्थात वंदनीय मातृभूमि के प्रति समर्पित हो जाने का आह्वान था। सभी राष्ट्रवासियों को अपनी स्वाधीनता के प्रति समर्पित होकर काम करने की प्रेरणा देने की एक बहुत ही मीठी तान का आह्वान था। लोगों ने स्वामी जी को सुना और वे स्वामी जी के संकल्प के साथ अपने आप को बांधकर स्वाधीनता प्राप्ति के लक्ष्य की ओर चल दिए। इसी तान को वन्देमातरम् ने नया स्वर दिया। सब की भावनाओं को सामूहिक अभिव्यक्ति प्रदान की।

स्वामी जी के इस आह्वान से केवल भारतीय राष्ट्र का कल्याण होने वाला नहीं था, इससे संपूर्ण विश्व का कल्याण होने वाला था। क्योंकि भारत का वन्देमातरम् अथवा मातृभूमि के प्रति समर्पण का भाव केवल भारत भूमि के लिए नहीं अपितु संपूर्ण वसुधा के प्रति समर्पण का भाव है। भारतीय राष्ट्र के तपस्वियों का चिंतन संपूर्ण भूमंडल से अज्ञान, अन्याय और अभाव को मिटाने के लिए कार्य करता रहा है। इसलिए स्वामी जी के आह्वान में संपूर्ण मानवता को बंधन मुक्त करने का दिशाबोध छुपा हुआ था।

वेद का भूमि सूक्त

जिस राष्ट्र के धर्म ग्रंथ अर्थात वेद में 'भूमि सूक्त' (अथर्ववेद में) मिलता हो, जिसमें मातृभूमि की वंदना की गई हो, जिसे मातृभूमि के लिए ही समर्पित कर दिया गया हो, उस राष्ट्र के निवासियों की मातृभूमि जमीन का एक टुकड़ा नहीं हो सकती, जमीन का एक कोना नहीं हो सकता। 'भूमि सूक्त' इतना संकीर्ण नहीं हो सकता कि वह किसी एक क्षेत्र विशेष की मिट्टी के बारे में बात करे, क्षेत्र विशेष की भूमि के बारे में बात करे। वह तो संपूर्ण भूमि की बात करता है, भूमंडल की बात करता है। संपूर्ण वसुधा की बात करता है। उसका चिंतन विस्तृत है। इस वसुधा से निकलकर के भी वह अन्य लोक लोकान्तरों की उड़ान भरने की प्रेरणा हमको देता है तो उसके चिंतन को सीमित दायरे में रखकर समेटना और यह मानना कि 'भूमि सूक्त' केवल भारत भूमि के लिए है, स्वयं परमपिता परमेश्वर के ज्ञान वेद के साथ अन्याय करना होगा।

हमारा स्वराज सामूहिक कल्याण के लिए था। मानव मात्र के कल्याण के लिए था और संपूर्ण प्राणी मात्र के लिए था। आज भी उसकी सफलता तभी मानी जाएगी जब वह सामूहिक कल्याण के लिए काम करता हुआ दिखाई देगा और भविष्य में भी वह तभी सफल होगा, जब वह अपने इसी लक्ष्य के लिए कार्य कर रहा होगा। सनातन का स्वराज्य अपनी पूर्ण आभा से निकलता हुआ दिखाई देता है। उसमें कहीं कोई दोष नहीं दिखाई देता। उसमें पूर्णता है। दिव्यता है। भव्यता है। सर्व कल्याण का मनोहारी भाव है। वह पूर्णिमा का चंद्रमा है, अमावस्या का चंद्रमा नहीं।

वन्देमातरम् और संस्कृति बोध

स्वाधीनता आंदोलन के दौरान सभी देशवासी अपनी भारत माता को स्वाधीन करने के संकल्प के साथ मैदान में उतरे हुए थे। चारों ओर "फिरंगी को भगाओ" का भाव छुपा हुआ था। सभी की एक ही मनोकामना थी कि मेरी पवित्र भारत भूमि स्वाधीन हो। वेदों की पवित्र भूमि भारत ने सारे संसार को जागरूक करने का कभी अभियान चलाया था। अपने इसी अभियान के अंतर्गत भारत कभी विश्व का सिरमौर रहा था। विश्व गुरु रहा था। लोगों के भीतर इसी पवित्र भाव को जगाने के लिए स्वामी दयानंद जी महाराज ने "वेदों की ओर लौटो" का मंत्र दिया। उसका अर्थ था कि वेदों की व्यवस्था की और लोटो। जिस व्यवस्था के अंतर्गत हमारे जीवन में उन्नति के सारे सूत्र स्पष्ट होते हों - उस समय को फिर से लौटाकर लाने का अभियान चलाओ। स्वामी दयानंद जी महाराज की इस बात को पकड़ कर लोगों ने आगे बढ़ना आरंभ किया। यही राष्ट्र जागरण था। राष्ट्र के जागरण का अभिप्राय अपने

मूल्यों को अंगीकार कर लेना होता है। अपने धर्म के मूल सूत्रों को स्वीकार करना होता है, जिनसे हमारी आत्मिक, शारीरिक और सामाजिक उन्नति होती हो।

पूर्णिमा के चंद्रमा की कल्पना करते हुए हमारे स्वाधीनता आंदोलन के दौरान 'वन्देमातरम्' ने हम सबका मार्गदर्शन किया था। यह एक शब्द था जो हमें संस्कृति बोध से भर देता था। इसके भीतर इतिहास बोध भी था, राष्ट्रबोध भी था, स्वबोध भी था, आत्मबोध भी था। इसमें क्रांति की ललकार थी। प्रचलित व्यवस्था को जलाकर भस्म कर देने की क्षमता थी। इसमें दासता के बंधन को तोड़ने का साहस था। शौर्य था। पराक्रम था। देश के लोग जिसके लिए तड़प रहे थे, उस तड़पन को इस वन्देमातरम् ने शान्त करने का आभास दिया। विश्वास दिया। लोग लंगड़ी लूली अपंग मानसिकता से बाहर निकले और उनके भीतर उत्साह का संचार हुआ। जिसके कारण उन्होंने स्वराष्ट्र की स्वाधीनता की आराधना को गति प्रदान की। इसलिए लोगों ने बंकिम चंद्र चटर्जी को हाथों हाथ लिया और उन्हें राष्ट्रदूत मानकर उनका अभिनंदन किया। उनके इस एक शब्द को लेकर लोग नाचने लगे। झूमने लगे। मानो शिव का तांडव होने लगा था। राष्ट्र अंगड़ाई लेने लगा था। राष्ट्र में एक मचलन थी, जो पराधीनता की बेड़ियों को तोड़ने के लिए मचल उठी थी।

इस एक शब्द ने हमें अपने सामूहिक कल्याण के प्राचीनतम और सनातन मूल्य से अवगत करा दिया। लोगों को लगा कि हम सचमुच वेदों की ओर लौट गए हैं। जिसमें सब सब के कल्याण के लिए उठ खड़े होते थे। स्वाधीनता आंदोलन पर यदि विचार करें तो हम सब सब के सामूहिक कल्याण के लिए उठ खड़े हुए थे। हमारा इस प्रकार सामूहिक कल्याण के लिए उठ खड़ा होना ही राष्ट्र जागरण का वंदनीय स्वरूप था।

इस एक मूल्यवान शब्द भाव ने हमें अपने 'अथर्ववेद के भूमि सूक्त' के साथ जाकर जोड़ दिया। जिसे गाकर हम अपनी मातृभूमि की वंदना के लिए उठ खड़े हुए। मातृभूमि की वंदना का अभिप्राय था कि उस पर पड़े पराधीनता के सारे बंधनों को तोड़ देना। उसे बंधन मुक्त कर देना। वन्देमातरम् ने हम सब की सामूहिक अंतर्वेदना को अभिव्यक्ति दी। जब लोग सामूहिक रूप से जुलूस बनाकर वन्देमातरम् बोलते चलते थे, जय घोष के नारे लगाते थे, तब यह सहज ही समझ में आ जाता था कि हम सब एक ही पीड़ा से ग्रस्त हैं और एक ही उद्देश्य लेकर चल रहे हैं कि मेरी मातृभूमि स्वाधीन हो। इस प्रकार वन्देमातरम् हमारी सामूहिक चेतना का प्रतीक बन गया था। हमारी राष्ट्रीय चेतना का प्रतीक बन गया था। हम सब एक हैं और एक ही उद्देश्य के प्रति समर्पित हैं- इसको प्रतिबिंबित करने वाला जय घोष बन गया था।

गुणवान नागरिकों की कामना

राष्ट्र गुणवान नागरिकों से महान बनता है। जिस राष्ट्र के नागरिक गुणवान हों, आर्य हों, श्रेष्ठ हों, वही राष्ट्र महान होता है। नागरिकों की चेतना में एक-दूसरे के प्रति उदारता का भाव हो, सहयोग और समर्पण का भाव हो, त्याग और तपस्या का भाव हो- तब कोई राष्ट्र महान बनता है।

इस एक शब्द ने ही हमें यजुर्वेद के गुणवान नागरिकों की कामना के भाव के साथ जोड़कर खड़ा कर दिया। जैसे ही हमारा संपर्क अपने प्राचीन गौरव के इन सोपानों के साथ हुआ, तुरंत हमारे भीतर मानो बिजली का करंट दौड़ गया। जिन लोगों ने 'वन्देमातरम्' को पहले दिन से अपने लिए अनुपयुक्त माना या अपनी भावनाओं को चोट पहुंचाने वाला माना, वे राष्ट्र की मुख्यधारा के साथ या तो समन्वय बनाना नहीं चाहते थे या जानबूझकर भारत के जागे हुए राष्ट्रवाद को फिर गहरी नींद सुलाने की अंग्रेजों की चालों के साथ अपने आप को जोड़कर देखना चाहते थे।

अध्याय-3

स्वराज्य, विश्व कल्याण और वन्देमातरम्

वेद ने अपने राष्ट्र के नागरिकों से अर्थात आर्यजनों से राष्ट्र को महान बनाए रखने के संदर्भ में विशेष अपेक्षा की है। उसका मानना है कि राष्ट्र के निवासी ऊंचे चरित्र वाले हों। ऊंचे चिंतन वाले हों। ऊंची सोच वाले हों। उनके विचारों में महानता हो। वाणी में महानता हो और कार्य में महानता हो।

स्वामी दयानंद जी महाराज 'सत्यार्थ प्रकाश' के प्रथम समुल्लास में यजुर्वेद के ब्राह्मण वचन को उद्धृत करते हुए कहते हैं:-

यन्मनसा ध्यायति तद्वाचा वदति,
यद्वाचा वदति तत् कर्मणा करोति,
यत् कर्मणा करोति तदभिसम्पद्यते ॥

अर्थात् "जीव जिसका मन से ध्यान करता उसको वाणी से बोलता, जिसको वाणी से बोलता उसको कर्म से करता, जिसको कर्म से करता उसी को प्राप्त होता है।"

यजुर्वेद के इस ब्राह्मण वचन पर यदि विचार किया जाए तो पता चलता है कि राष्ट्र के नागरिक मनसा-वाचा-कर्मणा बहुत ही पवित्र होने चाहिए। उनकी कथनी करनी में किसी प्रकार का अंतर नहीं होना चाहिए। उनके आचार, विचार और उच्चार में समानता होनी चाहिए। इस प्रकार की समानता किसी भी राष्ट्र और उसके समाज को महान बनाती है। वेद ने राष्ट्र के नागरिकों को एकता के सूत्र में पिरोने के लिए और उनके ऊंचे चरित्र से मानवता रूपी धर्म की रक्षा किए रखने के उद्देश्य से इस प्रकार की आचार संहिता का निर्माण किया। इस प्रकार की आचार संहिता के माध्यम से वेद कदम-कदम पर हमारी रक्षा करता है। वेद हमारी रक्षा करता है, इसीलिए वह हमारे लिए धर्म की व्यवस्था करता है। क्योंकि धर्म

भी वही है जो हमारी रक्षा करता हो। हमको धारण करता हो। हमें संसार के छल फरेबों से बचाता हो।

सर्वत्र वेद का डंका बजता रहा

वेद प्रतिपादित इस प्रकार की आचार संहिता को अपनाकर भारत के प्राचीन काल के आर्यजन अर्थात राष्ट्र के नागरिक संपूर्ण विश्व के गुरु के रूप में कार्य करते रहे। सर्वत्र वेद का डंका बजता रहा। अनाचार, पापाचार, अत्याचार कहीं पर नहीं था। सर्वत्र शांति थी। सुव्यवस्था थी। लोग एक-दूसरे के साथ मिलकर कार्य करते थे। आचार, विचार और उच्चार की एकता अर्थात मनसा-वाचा-कर्मणा कथनी-करनी की एकता व हृदय की पवित्रता और चरित्र की ऊंचाई धर्म की रक्षा का आधार था। लोग एक-दूसरे पर भरोसा करते थे। एक-दूसरे का सहयोग करते थे। एक-दूसरे के प्रति समर्पित रहने में आनंद की अनुभूति करते थे। यही भारत का समाजवाद था।

वेद ने कहा कि सत्य, ज्ञान (ब्रह्म), तप और धर्म- ये राष्ट्र के आधार हैं। जिस राष्ट्र के नागरिक सत्य, ज्ञान, तप और धर्म को धारण करने वाले होते हैं,उनके अनुसार आचरण करने वाले होते हैं और उनके अनुसार अपनी साधना को ऊंचाई देते हैं, उनका राष्ट्र उन्नति को प्राप्त होता है। उसमें सुव्यवस्था होती है। इनसे राष्ट्र मजबूत बनता है। राष्ट्र के संदर्भ में वेद की यह व्यवस्था भी बहुत ही महत्वपूर्ण है:-

सत्यं बृहदृतमुग्रं दीक्षा तपो ब्रह्म यज्ञः पृथिवीं धारयन्ति।
सा नो भूतस्य भव्यस्य पत्न्युरुं लोकं पृथिवी नः कृणोतु।। (अथर्व १२.१.१)

भावार्थ : इस वेद मंत्र के माध्यम से राष्ट्र के नागरिकों को संदेश दिया गया है कि उन्हें सत्य का उपासक होना चाहिए, महानता (बृहत्) का साधक होना चाहिए, ऋत अर्थात ब्रह्मांडीय व्यवस्था को बनाए रखने में सहायक होना चाहिए। राष्ट्र की उन्नति के लिए उन्हें उग्र तप करने से पीछे नहीं हटना चाहिए। दीक्षा (शिक्षा) के विस्तार के लिए कार्य करना चाहिए, तपस्या (तप) का जीवन धारण करना चाहिए, ब्रह्म (ब्रह्मचर्य/ज्ञान) और यज्ञ (त्याग/अनुष्ठान) करने में किसी प्रकार का प्रमाद नहीं करना चाहिए।

मनुष्यों को इन नियमों का पालन करना चाहिए

हमें यह समझ लेना चाहिए कि ये सभी गुण (सत्य, नियम, तपस्या, ज्ञान, त्याग) मानव धर्म के पालन करने में सहायक होते हैं। जिनके पालन करने से ही पृथ्वी टिकी रह सकती है। यदि मनुष्य अपने धर्म पालन में इन गुणों का परित्याग कर देता है तो उससे पृथ्वी पर

अनेक प्रकार की कठिनाइयों, समस्याओं और आपदाओं का प्रादुर्भाव होता है। इसलिए संपूर्ण पृथ्वी पर शांति सुव्यवस्था बनाए रखने के लिए अर्थात सृष्टि का कल्याण करने के लिए मनुष्य को इन नियमों का पालन करना चाहिए। उपरोक्त मंत्र में राष्ट्र को मजबूत करने का उपाय बताया गया है इसमें राजा से अपेक्षा की गई है कि वह उग्र हो। उग्र का अभिप्राय आतंकवाद से नहीं है। उग्र का अभिप्राय है कि राजा तेजस्वी हो। जो लोग अपनी आतंकी सोच से या विखंडन भरी सोच से राष्ट्र का अहित करते हों या उसे तोड़ने के कामों में लगे हों, उनके प्रति राजा को पूर्ण तेजस्विता के साथ कदम उठाने चाहिए। उसका यह तेजस्वी स्वरूप ही इसका उग्र होना है अर्थात देश विरोधी शक्तियों को उसके तेजस्वी स्वरूप से भय निरंतर सताता रहे।

इसी मंत्र में ऋत की बात भी कही गई है। ऋत का अर्थ है ब्रह्मांडीय व्यवस्था। इसमें सारी खगोलीय घटनाएं आ जाती हैं। अंतरिक्ष की सारी घटनाओं का समावेश हो जाता है। सूर्य चंद्रमा की गति और उसका दिन रात पर प्रभाव भी समाहित हो जाता है। इस प्रकार ऋत का अभिप्राय हुआ कि राष्ट्र में ऐसे खगोलविद अंतरिक्ष विज्ञानी भी होने चाहिए, जो इस प्रकार के सारे ज्ञान- विज्ञान को जानते हों।

इस प्रकार की सुंदरतम व्यवस्था भारत का स्वराज्य था। जिसका लाभ संपूर्ण विश्व उठा रहा था। सर्वत्र वैदिक व्यवस्था का डंका बज रहा था। कहीं पर किसी प्रकार का अन्याय अथवा शोषण नहीं था।

धीरे-धीरे इस व्यवस्था में पतन के लक्षण दिखाई देने लगे और यह व्यवस्था एक दिन पतन को ही प्राप्त हो गई। तब हमारे राष्ट्र की दुर्गति हुई। राष्ट्र के चिंतन में विकार आया तो राष्ट्र की सीमाएं सिमटने लगीं। चिंतन के विकार ने राष्ट्र को अस्वस्थ कर दिया।

वन्देमातरम् और राष्ट्र जागरण

जब राष्ट्र अस्वस्थ होता है तो उसे स्वस्थ करने के लिए महापुरुष फिर से उग्र तप करते हैं। उग्र साधना करते हैं।

इतिहास में उनके इस प्रकार के उग्र तप अथवा साधना को किसी आंदोलन अथवा अभियान के नाम से जाना जाता है। उस आंदोलन या अभियान को वह महापुरुष किसी नारे के रूप में स्थापित करने का प्रयास किया करते हैं। जिससे एक शब्द पूरे राष्ट्र की चेतन को झंकृत करने की क्षमता प्राप्त कर लेता है। उस एक शब्द से यह स्पष्ट करने का प्रयास किया जाता है कि हमारे राष्ट्र की दुर्गति से हमें इसे बाहर निकालना है और इसके लिए इसे इसके प्राचीन स्वरूप में स्थापित करना है। यदि अपने देश के क्रांतिकारी स्वाधीनता आंदोलन पर

विचार किया जाए तो वन्देमातरम् एक ऐसा ही नारा था, जिसने हमारे स्वाधीनता आंदोलन का वह मंतव्य स्पष्ट करने में सफलता प्राप्त की जो उसका निहित अर्थ था अर्थात राष्ट्र का जागरण और फिर उसे उसके प्राचीन गौरवपूर्ण वैभवशाली स्थान पर स्थापित करना।

स्वाधीनता प्राप्ति का आदर्श

संपूर्ण भारतवर्ष के क्रांतिकारी नेताओं और आंदोलन के योद्धाओं ने एक ही चिंतन, एक ही आदर्श, एक ही लक्ष्य और एक ही उद्देश्य के प्रति समर्पित होकर कार्य किया था कि हमें अपना देश स्वाधीन करना है। स्वाधीनता प्राप्ति के पश्चात उसे उसका प्राचीन स्वरूप प्रदान करना है। उनके चिंतन में यह भी स्पष्ट था कि हम स्वाधीनता के पश्चात किसी विदेशी व्यवस्था के पिछलग्गू नहीं बनेंगे अर्थात अपनी प्राचीन वैदिक व्यवस्था के अनुरूप अपने समाज को और अपनी संस्कृति को बचाने और अपने समाज को उसी के अनुरूप ढालने का प्रयास करेंगे। किसी भी स्थिति में हम विदेशों की ओर नहीं देखेंगे। विशेष रूप से बौद्धिक संपदा के क्षेत्र में हम अपने स्वयं के बौद्धिक बल और मेधाशक्ति के आधार पर राष्ट्र निर्माण के कार्य में जुटेंगे। इस ऊंची आदर्श लक्ष्य साधना को 'वन्देमातरम्' ने प्रकट किया। लोगों के मन मस्तिष्क में उतारने में सफलता प्राप्त की कि हम अपनी मातृभूमि की वंदना करते हुए एक ऐसा भारत बनाना और बसाना चाहते हैं जो अपने प्राचीन आर्यजनों के सपनों के अनुरूप हो।

वेद मंत्र पर विचार

अब वेद के उपरोक्त मंत्र "सत्यं बृहदृतमुग्रं दीक्षा...." पर थोड़ा विचार करते हैं। वेद का यह मंत्र जहां हमारे राष्ट्र को मजबूत करने की प्रेरणा हमको देता है, उसके सूत्र हमको प्रदान करता है, वहीं यह हमारे वन्देमातरम् का आधार सूत्र भी कहा जा सकता है अर्थात हमें राष्ट्रवाद की शिक्षा देने वाले उन अनेक वेद मंत्रों में से यह मंत्र एक ऐसा बीज मंत्र है जो प्राचीन काल से हमें अपनी मां भारती अथवा अपने राष्ट्र के प्रति समर्पित रहने, उसे मजबूत करने और उसके प्रति श्रद्धा व्यक्त करने के लिए प्रेरित करता आया है।

इस मंत्र के माध्यम से हमको प्रेरणा मिलती है कि हमें सत्य का उपासक होना चाहिए अर्थात उस परमपिता परमेश्वर का उपासक होना चाहिए जो इस सृष्टि का आधार है, संचालक है और अंत में संहारक भी है। हमें समझना चाहिए कि हम एक ही पिता की संतानें हैं और एक ही पिता की संतान होने के कारण हम सबके भीतर एक ही जैसा रक्त प्रवाहित होता है। अतः हमको किसी भी प्रकार के वैमनस्य को पालने की आवश्यकता

नहीं है। जिस प्रकार एक ही पिता की अनेक संतानें एक साथ मिलकर रहती हैं , उसी प्रकार हमें भी एक साथ मिलकर रहने का प्रयास करना चाहिए। परमपिता परमेश्वर द्वारा निर्धारित एक ही धर्म अर्थात वेद धर्म के हम मानने वाले हैं। धर्म हमारे लिए जोड़ने की वस्तु है। लड़ाने की वस्तु नहीं है। संसार में जितने भर भी मजहब हैं वे सब हमको तोड़ते हैं। परस्पर लड़ाते हैं।

हमें बृहत का उपासक होना चाहिए

हमें महानता का अर्थात बृहत का उपासक होना चाहिए। हमारे चिंतन में महानता हो, हमारी वाणी में महानता हो और हमारी कृति में भी महानता हो। महान वह नहीं है जिसने संसार में रहकर अपने लिए कुछ किया, दूसरों की संपत्तियों पर अधिकार किया, दूसरों की बहन बेटियों के साथ बलात्कार किया। दूसरों का धन छीना। लोगों को मारा और अपना विशाल साम्राज्य स्थापित किया। इसके विपरीत भारतीय विचारधारा में अथवा वैदिक चिंतन में महान वह है जिसने दूसरों के लिए जीवन जिया। दूसरों की संपत्तियों को लेकर लोभ नहीं पाला। दूसरों की बहन बेटियों को अपनी मां, बहन या बेटियों के समान माना। दूसरों के धन का संरक्षण किया। किसी के जीवन को छीना नहीं बल्कि दूसरे लोगों अथवा जीवधारियों के जीवन का सम्मान किया। वैदिक चिंतन के इस प्रकार के आदर्श को पकड़कर जो जीवन जीते हैं ,उन्हीं का जीवन महानता की साधना करने वाला जीवन होता है अथवा महानता में ढला हुआ जीवन होता है। ऐसे स्वभाव के लोगों से हिंसक जीवधारी भी प्रेम करते हैं।

हमारे यहां पर अनेक ऐसे महात्मा हुए हैं जिनके प्रवचनों को सुनने के लिए या जिनके प्रति सम्मान का भाव व्यक्त करने के लिए स्वयं शेर जैसा हिंसक प्राणी भी आकर शांत होकर बैठ जाया करता था। इस प्रकार की ऊंची साधना जीवन को महानता में ढालती है। वेद का यह मंत्र इसी प्रकार की ऊंची साधना के लिए मानव मन को चेतनित कर रहा है। उससे कह रहा है कि यदि संसार में आकर वास्तव में महानता के कीर्तिमान स्थापित करने हैं तो अपने आप को उस महान की महान साधना में ढालने का प्रयास कर।

वेद की भावना का सम्मान करते हुए हम लोगों को संसार में रहते हुए ऋत अर्थात ब्रह्मांडीय व्यवस्था को बनाए रखने में सहायक होना चाहिए। ब्रह्मांडीय व्यवस्था हमें जहां व्यवस्था के प्रति जागरूक करती है, वहीं हमें सृष्टि विज्ञान के बारे में भी जानकारी देती है कि ये सारी व्यवस्था किसी विज्ञान के आधार पर चल रही है और इस व्यवस्था का बनाने वाला भी कोई है। व्यवस्था, व्यवस्थापक और व्यवस्थापिका के प्रति हमें सावधान रहना

चाहिए। इसका अभिप्राय है कि हम वैज्ञानिक दृष्टिकोण वाले हों। ब्रह्मांड की व्यवस्था कैसे चल रही है? इसका सूक्ष्म विज्ञान राष्ट्र के नागरिकों को अर्थात आर्यों को समझ आना चाहिए। उस पर उनका अनुसंधान चलना चाहिए।

जितना ही हम सृष्टि के उस सूक्ष्म ज्ञान विज्ञान के बारे में जानकारी लेते चले जाते हैं, उतना ही हम संसार की इस व्यवस्था को बनाए रखने में सहायक होते चले जाते हैं। हमारा शुद्ध, निर्मल, पवित्र ज्ञान हमें संसार के प्रति शुद्ध, निर्मल और पवित्र बनाता है। जिससे हम संसार के लोगों के साथ समन्वय बनाने की कला में पारंगत होते चले जाते हैं। राष्ट्र के नागरिक परस्पर सद्भाव और मित्रता का व्यवहार करते हुए एक-दूसरे के प्रति विनम्र रहने का प्रयास करते हैं। जिससे सात्विकता पूरे समाज का श्रृंगार बनकर वास करती है।

अंधकार मिटा ,पाखंड मिटा,
ब्रह्मांड रचा जगनायक ने,
महान दयालु ,महा कृपालु
प्रकाश रचा सुख- दायक ने।
शुद्ध बताया - बुद्ध बताया
उसे मुक्त बताया गायक ने,
रचयिता वही सारे जग का,
महत्व बताया गुण गायक ने।।

आगे वेद का मंत्र कहता है कि राष्ट्र की उन्नति के लिए राष्ट्र के नागरिकों को उग्र तप करने से पीछे नहीं हटना चाहिए। उग्र तप का अभिप्राय है कि राष्ट्रवासियों को तेज धारी होना चाहिए। राष्ट्र को दुर्बल करने वाली शक्तियों के प्रति उन्हें कठोर होना चाहिए। कितनी ही समस्याओं का समाधान उग्रता से ही निकलता है। उग्रता का अभिप्राय आजकल आतंकवाद से लिया जाता है, जबकि ऐसा नहीं है। उग्रता का अभिप्राय उस तेजबल की साधना से है , जिसके सामने आतंकवादी अथवा देश, समाज और राष्ट्र के शत्रु लोगों का मनोबल टूट जाता है। राष्ट्र की मुख्यधारा से इतर जाकर राष्ट्र को कमजोर करने के उनके सारे प्रयास असफल हो जाते हैं। ऐसे लोगों के विरुद्ध यदि सभी राष्ट्रवासी एकताबद्ध होकर खड़े हो जाएं तो एक भी व्यक्ति राष्ट्र को दुर्बल करने के बारे में सोच नहीं सकता अर्थात ढूंढने से भी राष्ट्र का कोई शत्रु दिखाई नहीं देगा। आजकल लोग भाषण और अभिव्यक्ति की स्वतंत्रता के नाम पर राष्ट्र को दुर्बल करने के हर संभव प्रयास कर रहे हैं। जिस राष्ट्र के भीतर तेजबल होता है अर्थात उग्रता की साधना शासक वर्ग के द्वारा जहां की जाती है, वहां पर राष्ट्र को दुर्बल करने के बारे में कोई सोच भी नहीं सकता।

शिक्षा का महत्व

वेद का मंत्र आगे कह रहा है कि दीक्षा (शिक्षा) के विस्तार के लिए कार्य करना चाहिए। शिक्षा का विस्तार देश के नागरिकों के भीतर सुसंस्कार उत्पन्न करता है। उन्हें सुसंस्कृत बनाता है। शिक्षा हमें राष्ट्रवादी बनाती है अर्थात हमें मानव मानव के बीच समन्वय स्थापित करने की कला सिखाती है। जो शिक्षा मानव मानव को एक-दूसरे से दूर करे, उनके भीतर सांप्रदायिकता का विस्तार करे या उन्हें जातिवाद की बात समझाने का प्रयास करे या उन्हें किसी प्रकार की अन्य ऐसी संकीर्णता में प्रविष्ट कराने में सफल हो जाए जो मानव को मानव के प्रति ही घृणा के भावों से भरती हो तो वह शिक्षा शिक्षा नहीं कही जा सकती। स्वामी दयानंद जी महाराज राष्ट्र में एक ही प्रकार की शिक्षा अर्थात समान शिक्षा लागू करने के समर्थक थे। स्वामी जी महाराज की मान्यता थी कि समान शिक्षा लोगों को एक ही जैसे भावों से भरती है और उन्हें अपने समाज और राष्ट्र के प्रति समर्पित करती है। शिक्षा का सांप्रदायिकीकरण करना राष्ट्र को संकट में डालना होता है। शिक्षा को सहज सरल तो होना ही चाहिए उसे मानव निर्माण से राष्ट्र निर्माण करने वाली भी होना चाहिए। इस प्रकार की शिक्षा हमें वैश्विक नागरिकता प्रदान करती है, क्योंकि इस प्रकार की शिक्षा के ग्रहण करने से हम व्यापक और विशाल दृष्टिकोण वाले हो जाते हैं। हमारे व्यक्तित्व का विस्तार होता है और हम संपूर्ण संसार के कल्याण के भावों से भर जाते हैं।

संसार के द्वंद भाव और मानव जीवन

वेद मंत्र की मान्यता है कि हमें तपस्या (तप) का जीवन धारण करना चाहिए। संसार में रहते हुए अनेक प्रकार के कष्ट हमारे जीवन में आते हैं। कई क्षण ऐसे आते हैं जिनमें हमें दूसरे के साथ समन्वय स्थापित करना कठिन हो जाता है। भूख - प्यास ,सर्दी - गर्मी आदि के ताप-संताप भी परेशान करते हैं। संसार अनेक प्रकार के द्वंद्वभावों से भरा हुआ है। उन सबके बीच रहकर भी मुस्कुराना तप करना होता है। अनेक प्रकार के लोगों को सहन करना उनके साथ कष्ट झेलते हुए भी साथ चलना तपस्या की बहुत बड़ी साधना होती है। राष्ट्र के भीतर भी अनेक प्रकार के जन होते हैं, उन सभी के साथ सामंजस्य बैठाना बहुत आवश्यक होता है। यह आवश्यक नहीं होता कि जैसे आप हैं अथवा जैसे आपके विचार हैं वैसे ही दूसरे लोग होंगे अथवा उनके विचार भी वैसे ही होंगे। विभिन्नताएं सर्वत्र बिखरी हुई दिखाई देती हैं। परंतु इन विभिन्नताओं को अपने विशाल और व्यापक दृष्टिकोण के चलते समन्वित करना और एक-दूसरे को झेलने व समझने का भाव विकसित करना तपस्या होती है। जब सभी राष्ट्रवासी इस प्रकार की भावनाओं से भरे हुए होते हैं तो वे एक-दूसरे के भावों का सम्मान करते हुए राष्ट्र निर्माण के कार्य में जुटे रहते हैं।

अंत में वेद मंत्र कहता है कि ब्रह्म और यज्ञ करने में किसी प्रकार का प्रमाद नहीं करना चाहिए। ब्रह्म ब्रह्मचर्य और ज्ञान का प्रतीक है, जबकि यज्ञ त्याग और अनुष्ठान का प्रतीक है। राष्ट्र के नागरिक ब्रह्मचर्य और ज्ञान की साधना करने वाले हों। दूसरे, त्याग और अनुष्ठान करने वाले हों। ब्रह्मचर्य की साधना और उसका ज्ञान राष्ट्र के नागरिकों के चरित्र को ऊंचा करता है। जिससे मर्यादाओं का पालन करने में सहायता मिलती है। लोग सभी की प्रतिष्ठा का ध्यान रखते हैं। एक-दूसरे की प्रतिष्ठा का ध्यान रखते हैं। जब कोई लंपट किसी की बहन बेटी के साथ कोई बलात्कार आदि का केस कर डालता है तो सामान्यतया लोग कहते हैं कि अमुक व्यक्ति ने अमुक महिला या अमुक परिवार की प्रतिष्ठा पर हाथ डाल दिया है तो इसका अभिप्राय यही होता है कि उस लंपट व्यक्ति ने किसी की प्रतिष्ठा को मिट्टी में मिला दिया है या उस परिवार की इज्जत को मिटाने का काम किया है।

जब हमारे देश में रहकर विदेशी शासक अंग्रेज या उनसे पहले मुस्लिम हमारे राष्ट्र की एकता और अखंडता के साथ खिलवाड़ कर रहे थे उसके सामाजिक मूल्यों अर्थात सत्य, बृहत, ऋत आदि का हनन कर रहे थे, तब राष्ट्र जागरण का कार्य आरंभ हुआ। राष्ट्र जागरण का अभिप्राय है कि राष्ट्र के उपरोक्त मूल्यों पर चिंतन मंथन होना आरंभ हुआ।

स्वामी दयानंद जी महाराज ने कहा कि वेदों की ओर लौटो और वहां जाकर इस बात को ढूंढने का प्रयास कीजिए कि राष्ट्र का निर्माण कैसे होता है? अथवा राष्ट्र को मजबूती कैसे मिलती है? तब वेदों के माध्यम से राष्ट्र जागरण की चासनी तैयार की जाने लगी। उस चासनी में मिठास घोलने में वन्देमातरम् ने महत्वपूर्ण भूमिका निभाई। वेद मंत्र तो अपने आप में एक बीज का काम करते ही हैं, वन्देमातरम् ने उस बीज को और भी सूक्ष्म बना दिया। उस सूक्ष्म ने जब अपना आकार लिया तो उससे अनेक बरगद पैदा होने लगे। विदेशी सत्ता जिस प्रकार हम पर निर्ममता से अत्याचार कर रही थी, वन्देमातरम् के नारे ने उसके पैरों के तले की धरती खिसका दी। सारे देश में वन्देमातरम् का नारा हमारी राष्ट्रीय एकता का प्रतीक बन गया। वन्देमातरम् बोलने का अभिप्राय था- हम सब एक हैं। हम सब की दिशा एक है। हम सब की सोच एक है। हम सब का लक्ष्य एक है। हम सब वैदिक धर्मी है और हमारा सबका एक ही उद्देश्य है कि प्रचलित क्रूर व्यवस्था को क्रांति की लपटों में धू-धू कर जलने के लिए मजबूर कर दिया जाए।

अध्याय-4

वेद का राष्ट्रगान और वर्तमान भारत का राष्ट्रगान

वैदिक राष्ट्रीय प्रार्थना

आ ब्रह्मन् ब्राह्मणो ब्रह्मवर्चसी जायतामआ राष्ट्रे राजन्यः शूरऽइषव्योऽतिव्याधी महारथो जायतां दोग्ध्री धेनुर्वोढानड्वानाशुः सप्तिः पुरन्धिर्योषा जिष्णू रथेष्ठाः सभेयो युवास्य यजमानस्य वीरो जायतां निकामे निकामे नः पर्जन्यो वर्षतु फलवत्यो नऽओषधयः पच्यन्तां योगक्षेमो नः कल्पताम्॥ (यजुर्वेद; अध्याय २२, मन्त्र २२)

अर्थ: "हे ब्रह्मन् - विद्यादि गुणों करके सब से बडे परमेश्वर जैसे हमारे, राष्ट्रे - राज्य में, ब्रह्मवर्चसी - वेदविद्या से प्रकाश को प्राप्त, ब्राह्मणः- वेद और ईश्वर को अच्छा जाननेवाला विद्वान्,आ जायताम् - सब प्रकार से उत्पन्न हो।

इषव्यः- बाण चलाने में उत्तम गुणवान्, अतिव्याधी - अतीव शत्रुओं को व्यधने अर्थात् ताड़ना देने का स्वभाव रखने वाला, महारथः- कि जिसके बड़े बड़े रथ और अत्यन्त बली वीर हैं ऐसा, शूरः - निर्भय,राजन्या - राजपुत्र,आ जायताम् - सब प्रकार से उत्पन्न हो।

दोग्ध्री- कामना वा दूध से पूर्ण करनेवाली, धेनुः- वाणी वा गौ,वोढा - भार ले जाने में समर्थ,अनड्वान् - बड़ा बलवान् बैल, आशुः- शीघ्र चलने वाला,सप्तिः- घोडा, पुरन्धिः- जो बहुत व्यवहारों को धारण करती है वह,योषा - स्त्री,रथेष्ठाः - तथा रथ पर स्थित होने और, जिष्णूः- शत्रुओं को जीतने वाला, सभेयः- सभा में उत्तम सभ्य, युवा - जवान पुरुष,

आ जायताम्- उत्पन्न हो, अस्य यजमानस्य - जो यह विद्वानों का सत्कार करता वा सुखों की संगति करता वा सुखों को देता है, इस राजा के राज्य में, वीरः- विशेष ज्ञानवान् शत्रुओं को हटाने वाला पुरुष उत्पन्न हो।

नः- हम लोगों के, निकामे निकामे - निश्चययुक्त काम काम में अर्थात् जिस जिस काम के लिए प्रयत्न करें उस उस काम में, पर्जन्यः- मेघ, वर्षतु - वर्षे। ओषधयः - ओषधि, फलवत्यः- बहुत उत्तम फलोंवाली, नः- हमारे लिए, पच्यन्ताम् - पकें,

नः- हमारा,योगक्षेमः- अप्राप्त वस्तु की प्राप्ति लक्षणों वाले योग की रक्षा अर्थात् हमारे निर्वाह के योग्य पदार्थों की प्राप्ति,

कल्पताम् - समर्थ हो वैसा विधान करो अर्थात् वैसे व्यवहार को प्रगट कराइये।"

(महर्षि दयानन्द सरस्वती कृत अर्थ)

भावार्थ है कि हमारे राष्ट्र में ब्रह्मवर्चसी अर्थात वेदविद्या से प्रकाश को प्राप्त ब्राह्मण उत्पन्न हों। किसी भी प्रकार से उनमें दिखावट का आडंबर न हो, किसी प्रकार का पाखंड व्याप्त न हो। हमारे राष्ट्र में सामाजिक अर्थात देश के भीतर शांति बनाए रखने के लिए और देश की सीमाओं को सुरक्षित किए रखने के लिए शूर, बाणवेधन में कुशल, महारथी क्षत्रिय उत्पन्न हों। यजमान की गायें उसकी सुख- समृद्धि को प्रकट करती हैं, इसलिए कहा गया है कि वे दूध देने वाली हों। बैल भार ढोने में सक्षम हों, घोड़े शीघ्रगामी हों, अर्थात हमारे घर में घोड़े गाड़ी होने चाहिए। स्त्रियाँ सुशील और सर्वगुण सम्पन्न हों। उनकी सुभगता राष्ट्र का बल बढ़ाने वाली हों। रथवाले, जयशील, पराक्रमी और यजमान पुत्र हों। हमारे राष्ट्र में आवश्यकतानुसार किसानों को जब भी इच्छा हो, तब - तब समय-समय पर मेघ वर्षा करें। फसलें और औषधियां हमारी निरोगता का प्रतीक होती हैं। इसलिए वेद के इस मंत्र में प्रार्थना की गई है कि हमारी फसलें और औषधियाँ फल-फूल से लदी होकर परिपक्वता प्राप्त करें। अंत में प्रार्थना करते हुए कहा गया है कि हमारा योगक्षेम उत्तम रीति से होता रहे।

वेद का यह राष्ट्रगान वास्तव में सबसे सुंदर राष्ट्रगान है। इससे उत्तम राष्ट्रगान की कोई कल्पना नहीं की जा सकती। संसार में जितने भर भी राष्ट्रगान हैं, उनमें से कोई भी वेद के इस राष्ट्रगान की बराबरी नहीं कर पाता।

ब्रह्मन स्वराष्ट्र में हों द्विज ब्रह्मतेजधारी।
क्षत्रिय महारथी हों अरिदल विनाशकारी।।
होवें दुधारू गौवें पशु अश्व आशुवाही।
आधार राष्ट्र की हों नारी सुभग सदा ही।।
बलवान सभ्य योद्धा यजमान पुत्र होवें।
इच्छानुसार वर्षें पर्जन्य ताप धोवें।।
फलफूल से लदी हों औषध अमोघ सारी।
हो योगक्षेमकारी, स्वाधीनता हमारी।।

सारा विश्व इस बात को जानता और मानता है कि वेद संसार का सबसे प्राचीनतम ग्रंथ है। वेद के भीतर 'राष्ट्र' शब्द का अनेक बार प्रयोग हुआ है। जिससे यह कहा जा सकता है कि संसार को राष्ट्र जैसा पवित्र शब्द वेद ने ही दिया है। वेद का राष्ट्रवाद पूर्णतया मानवतावाद पर आधारित है। वेद संपूर्ण संसार के मानव समाज को एक ही जाति मानता है। इसलिए वेद संपूर्ण मानव समाज के कल्याण की कामना करता है। इसकी कामना में या प्रार्थना में किसी प्रकार की संकीर्णता नहीं है।

वेद ज्ञान ही ऐसा है जिससे परमपिता परमेश्वर ने संपूर्ण मानव समाज के कल्याण के लिए दिया है। यह परमपिता परमेश्वर के द्वारा दिया गया है तो स्पष्ट है कि यह संपूर्ण मानव समाज और प्राणी मात्र की उन्नति के लिए दिया गया है। वेद ज्ञान से ही यह अपेक्षा की जा सकती है कि इसके भीतर ही संपूर्ण मानव समाज को साथ लेकर चलने की क्षमता हो सकती है। इसके अतिरिक्त जितने भर भी तथाकथित मजहबी सांप्रदायिक ग्रंथ हैं, वे कहने के लिए तो धर्म ग्रंथ हैं परंतु उनमें सारी शिक्षाएं सांप्रदायिक आधार पर उल्लिखित की गई हैं अर्थात वे किसी वर्ग विशेष या संप्रदाय विशेष के कल्याण की बात करती हैं और दूसरे संप्रदायों को मिटाने की योजना बनाती हुई दिखाई देती हैं। ऐसी सांप्रदायिक शिक्षाओं को कभी मानवीय शिक्षा नहीं कहा जा सकता।

वन्देमातरम् हमारी मानवीय शिक्षाओं का प्रतीक है। हमारे उन उच्च आदर्शों का प्रतीक है जो हमने सृष्टि प्रारंभ से लेकर आज तक अपनाए हुए हैं अर्थात मानवता का कल्याण करना, मानवता के कल्याण के लिए काम करना।

जब तक संपूर्ण भूमंडल पर भारत के आर्य राजाओं का शासन रहा, तब तक वेद की इसी प्रकार की भावनाओं के अनुसार हम सर्वमंगलकामना करते रहे। संपूर्ण वसुधा को परिवार मानते रहे और संपूर्ण वसुधा पर प्रत्येक व्यक्ति के लिए सुख संपदा प्राप्त होती रहे, उसे सुख समृद्धि के समान अवसर प्राप्त होते रहें , इस प्रकार के कार्य करते रहे। यह गीत अथवा वेद का राष्ट्रगान इसी ओर संकेत करता है।

हमारे आर्य राजाओं का उद्देश्य संपूर्ण भूमंडल पर वैदिक व्यवस्था अर्थात न्याय पूर्ण व्यवस्था को लागू कराना होता था। उनका शासन लोकतंत्र पर आधारित होता था। वन्देमातरम् इसी व्यवस्था को पुनर्स्थापित करने के लिए बोला जाता था। लोगों के भीतर जागरण का भाव पैदा हुआ तो वे अपने वैदिक अतीत के प्रति समर्पित होते हुए दिखाई दिए।

एक भावार्थ यह भी -

'ब्रह्मवर्चसी' होवें राष्ट्र में बात करें सब वेद की।
प्रकाशित हृदय सबके हों शिक्षा लें सब वेद की।

ब्रह्म के ज्ञाता ब्राह्मण होवें ब्रह्म तेज से युक्त हों।
दूर अविद्या करने वाले सात्विक सुख संयुक्त हों।।
पाखंडी जीवन ना होवे करें कीर्तन वेद की १

राष्ट्र सुरक्षित रहे हमारा ऐसे क्षत्रिय योद्धा हों।
सीमा रहें सुरक्षित सारी शौर्य संपन्न पुरोधा हों।।
शत्रु दल विनाशक हो शक्ति भारत देश की.....२

घर -घर में हों गौ दुधारू गाड़ी घोड़े सारे हों।
समृद्धि ने चारों ओर ही देश में पैर पसारे हों।।
राष्ट्र निर्माता नारी बने भाग्य विधाता देश की ३

देश में हों पुत्र सुशिक्षित सभ्य और यजमान भी।
पर्जन्य वृष्टिकारक होवें जब चाहें विद्वान भी।।
फलफूल से लदी औषधि हों सुंदर हो परिवेश भी...४

योग-क्षेम से युक्त हमारी स्वाधीनता प्यारी हो।
मातृभूमि भारत माता की सबसे शान निराली हो।।
तन मन धन सर्वस्व समर्पित आजा मेरे वेद की ५

नेताजी की आजाद हिंद फौज का राष्ट्रगान

नेताजी सुभाष चंद्र बोस हमारी राष्ट्रीय आन - बान - शान की पहचान हैं। उन्होंने देश की स्वाधीनता के लिए आजाद हिंद फौज का गठन किया था। जिसे मूल रूप में रासबिहारी बोस जी द्वारा तैयार किया गया था। तब इसका नाम ' इंडियन नेशनल आर्मी' अर्थात आईएनए था। नेताजी की आजाद हिंद फौज अपने राष्ट्रगान को ' शुभ सुख चैन ' के नाम से संबोधित करती थी। इसका अभिप्राय भी सर्व कल्याण ही था नेताजी की आजाद हिंद फौज का उपदेश पूरे राष्ट्र का कल्याण करना था। इस प्रकार आजाद हिंद फौज में से भी एक संदेश निकलता है। इसका अभिप्राय भी अर्थात भावार्थ भी वन्देमातरम् का समानार्थक ही दिखाई देता है।

आजाद हिंद फौज के इस गीत को मूल रूप में 'हिंदुस्तानी' भाषा में लिखा गया था। नेताजी सुभाष चंद्र बोस ने अपनी सेना के नामकरण में भी 'हिंदुस्तानी' का ही प्रयोग किया है।गुरुदेव रविंद्र नाथ टैगोर ने इससे पहले भारत का राष्ट्रगान लिख दिया था। उनके राष्ट्रगान का आजाद हिंद फौज के इस राष्ट्रगान पर भी प्रभाव स्पष्ट रूप से देखा जा सकता है। गुरुदेव

रविंद्र नाथ टैगोर ही वह व्यक्ति थे, जिन्होंने अपने जीवन काल में राष्ट्रगान जैसा ही एक अन्य गीत लिखा था। जिसे १९७१ में बांग्लादेश ने अपने राष्ट्रगान का सम्मान दिया। ऐसी भी एक अपुष्ट मान्यता है कि मुमताज हुसैन और आबिद हसन साफरानी के साथ मिलकर नेताजी सुभाष चंद्र बोस ने इस गीत को रचा था।

गीत

शुभ सुख चैन की बरखा बरसे , भारत भाग है जागा
पंजाब, सिन्ध, गुजरात, मराठा, द्राविड़ उत्कल बंगा
चंचल सागर, विन्ध्य, हिमालय, नीला जमुना गंगा
तेरे नित गुण गाएँ, तुझसे जीवन पाएँ
हर तन पाए आशा।

सूरज बन कर जग पर चमके, भारत नाम सुभागा,
जय हो! जय हो! जय हो! जय जय जय जय हो!।।
सब के दिल में प्रीत बसाए, तेरी मीठी बाणी
हर सूबे के रहने वाले, हर मज़हब के प्राणी
सब भेद और फ़र्क मिटा के, सब गोद में तेरी आके,
गूँथें प्रेम की माला।

सूरज बन कर जग पर चमके, भारत नाम सुभागा,
जय हो! जय हो! जय हो! जय जय जय जय हो!।।
शुभ सवेरे पंख पखेरे, तेरे ही गुण गाएँ,
बास भरी सुगंध भरपूर हवाएँ, जीवन में रूत लाएँ,
सब मिल कर हिन्द पुकारे, जय आज़ाद हिन्द के नारे।
प्यारा देश हमारा।

सूरज बन कर जग पर चमके, भारत नाम सुभागा,
जय हो! जय हो! जय हो! जय जय जय जय हो!।।
भारत का प्रचलित राष्ट्रगान : जन गण मन
जन गण मन अधिनायक जय हे,
भारत भाग्य विधाता।

पंजाब, सिंध, गुजरात, मराठा, द्राविड़, उत्कल, बंग।
विंध्य हिमाचल यमुना गंगा, उच्छल जलधि तरंग।

तव शुभ नामे जागे, तव शुभ आशिष मागे,
गाहे तव जय गाथा।

जन गण मंगलदायक जय हे,
भारत भाग्य विधाता।
जय हे, जय हे, जय हे, जय जय जय जय हे।।

गुरुदेव रविंद्र नाथ टैगोर जी द्वारा रचित हमारा प्रचलित और वर्तमान राष्ट्रगान मूल रूप से संस्कृतनिष्ठ बांग्ला भाषा में लिखा गया है। इसका मूल शीर्षक 'भारत भाग्य विधाता' बनाया गया था। गुरुदेव रवींद्रनाथ टैगोर जी द्वारा इसकी रचना मूल रूप में 11 दिसंबर, 1911 को की गई थी। उस समय हमारे देश की राजधानी अंग्रेजों ने कोलकाता से स्थानांतरित कर दिल्ली लाने का निर्णय लिया था। ब्रिटेन के राजा जॉर्ज पंचम नई राजधानी का उद्घाटन करने के लिए दिल्ली आए थे। कहा जाता है कि ब्रिटेन के इस राजा के स्वागत में ही कांग्रेस ने यह गीत गाया था। राजा इस गीत के भाव नहीं समझ पाया था, इसलिए वह गीत को लिखवा कर अपने देश ले गया। वहां पर इसका भावार्थ कराया और जब उसे समझ में आया कि यह गीत उसे अपना भाग्य विधाता मानकर भारत के लोगों ने उसके सम्मान में गाया है तो वह गदगद हो गया था। तब उसने कहा था कि मुझे इतना सम्मान तो कभी अपने देश में भी नहीं मिला।

२७ दिसंबर, १९१२ को भारतीय राष्ट्रीय कांग्रेस के कलकत्ता अधिवेशन के अवसर पर इस गीत का सार्वजनिक गायन हुआ था। देश को जब स्वाधीनता मिली और देश का संविधान बनकर तैयार हुआ तो २४ जनवरी, १९५० को भारत की संविधान सभा द्वारा इसे राष्ट्रगान के रूप में स्वीकृति प्रदान की गई।

हमारी मान्यता है कि "वास्तव में स्वतंत्र भारत में हमें अपने महान क्रांतिकारियों के जीवन पथ को अपना आदर्श पथ स्वीकार कर उस पर आगे बढना चाहिए था। स्वतंत्रता बलिदानों से आती है और बलिदान ही चाहती है। कश्मीर, पंजाब, आसाम आदि अशांत क्षेत्रों में हम चुपचाप कितने ही बलिदान दे चुके हैं। ये बलिदान हमें बता रहे हैं कि अहिंसा की रक्षार्थ हिंसा भी आवश्यक है। हम इस सच को समझते भी हैं परंतु गांधीवादी अहिंसा ने हमारी जुबान पर ताले डाल रखे हैं। इसलिए समझी समझायी बात को भी बोलने से डरते हैं। यहां संत भिंडरांवाला को मारने वाले मार दिये जाते हैं और संत भिंडरांवाले जीवित हो जाते हैं। शहीदों को शहीद ना कहना यहां अहिंसा की रक्षार्थ सही माना जाता है। (आज जो लोग वन्देमातरम् का विरोध कर रहे हैं उनके संदर्भ में) अब भी समय है कि हम अपनी उल्टी नीतियों की उल्टी परिणतियों से कुछ सीखें और भविष्य के लिए सावधान होकर वर्तमान का सही परिपे्रक्ष्य में आंकलन, परीक्षण और अनुशीलन करें।"

अध्याय-5

वन्देमातरम् की पृष्ठभूमि और बंकिम चंद्र चटर्जी

छत्रपति शिवाजी महाराज द्वारा औरंगजेब के शासनकाल में जिस "हिंदवी स्वराज्य" की स्थापना की गई थी, वह अपने चरम पर पहुंचा और एक दिन वह आया जब शिवाजी महाराज द्वारा आरंभ किए गए इस 'हिंदवी स्वराज्य' के आंदोलन ने अपना रंग दिखाया तथा लगभग सारे भारत को ही मुग़लविहीन कर दिया। शिवाजी महाराज द्वारा प्रणीत यह आंदोलन बहुत बड़ी क्रांति करने में सफल हुआ था। जिसके परिणामस्वरूप देश की सनातन हिंदू वैदिक संस्कृति और शक्ति ने अपना दम भरा और भारतवर्ष को स्वाधीन कराने में सफलता प्राप्त की। परंतु यह स्वाधीनता हमारे लिए मृग-मरीचिका ही सिद्ध हुई। मुगलों को सत्ता से हटाया तो अंग्रेज आ गए। उसके बाद जो इतिहास लिखा गया, उसमें शिवाजी महाराज की इस क्रांति को इतिहास में उचित स्थान नहीं मिल पाया।

हमारे भीतर आशाओं का संचार बना रहा

सन् 1818 में पेशवा बाजीराव द्वितीय को अंग्रेजों ने तीसरे आंग्ल मराठा युद्ध के पश्चात सत्ता से हटा दिया और मराठा साम्राज्य का अंत कर सत्ता पर अपना अधिकार कर लिया।

वास्तव में यह मराठा शक्ति का पतन नहीं था, यह हिंदू शक्ति का पतन था। यह पतन भी कुछ इस प्रकार हुआ कि जब एक डकैत से देश ने मुक्ति पाई थी तभी दूसरे डकैत ने आकर के भारत के दीपक को बुझा दिया। अंग्रेजों ने पेशवा बाजीराव द्वितीय को पेंशन देकर कानपुर के निकट स्थित बिठूर भेज दिया था। यद्यपि इसके उपरांत भी हिंदू शक्ति अपनी खोई हुई स्वाधीनता की प्राप्ति के लिए संघर्ष करती रही। पूरे देश में राष्ट्रवादी परिवेश बना रहा। निराशा का कहीं कोई नाम नहीं था। लोग निरंतर संघर्ष कर रहे थे। देश के लोगों

ने विदेशी सत्ता के विरुद्ध ३० से अधिक बार विद्रोह किया था। जो इस बात का प्रमाण है कि देश में निरंतर बेचैनी बनी रही और यह बेचैनी विदेशी शासन को देश से हटा देने को लेकर थी। हमने इन परिस्थितियों का जानबूझकर इसलिए उल्लेख किया है कि जून १८१८ में जो कुछ भी हुआ उसके उपरान्त भी हम मरे नहीं थे, हमारे भीतर आशाओं का संचार निरंतर जारी था। जब हमने औरंगजेब जैसे अत्याचारी शासक के शासनकाल में हार नहीं मानी तो अभी हार मानने की कौन सी आवश्यकता आ पड़ी थी?

बंकिम चंद्र चटर्जी का आगमन

इसी बेचैनी के राष्ट्रवादी परिवेश में १८३८ ईस्वी में बंकिम चंद्र चटर्जी का जन्म हुआ। बंकिम चंद्र चटर्जी को १९ वीं शताब्दी के महानतम बंगाली लेखक, कवि, पत्रकार और उपन्यासकार के रूप में देखा जाता है। उनके भीतर राष्ट्रवाद कूट-कूट कर भरा था। उन्होंने अपनी रचनाओं से भी राष्ट्र, राष्ट्रवाद और राष्ट्रीयता का संदेश देने का पवित्र कार्य किया। उन्हीं के द्वारा वन्देमातरम् गीत की रचना ७ नवंबर १८७५ को की गई थी। उनकी राष्ट्रवादी बौद्धिक प्रतिभा को देखकर ही लोगों ने उन्हें साहित्य सम्राट के रूप में सम्मान दिया है।

बंकिम चंद्र चटर्जी जैसे किसी भी लेखक के बारे में हमें इस बात पर ध्यान देना चाहिए कि ये ऐसे लोग होते हैं जो युग धर्म को समझते हैं और उसके अनुसार ही अपना साहित्य सृजन करते हैं। उस समय राष्ट्र को राष्ट्रवादी चिंतन की आवश्यकता थी। राष्ट्रवासियों को जगाना और उनके भीतर राष्ट्रवाद का संचार करना आवश्यक था। जमाने की इस आवश्यकता को बंकिम चंद्र चटर्जी ने गहराई से अनुभव किया। उन्होंने मां भारती के रूदन को देखा, समझा,उसको गहराई से अनुभव किया और लोगों को जगाने के एक साहित्यकार के धर्म को पहचान कर अपना साहित्य सृजन आरंभ किया।

'आनंदमठ' और राष्ट्र जागरण

यही कारण है कि उनके साहित्य सृजन में और विशेष रूप से ' आनंदमठ' जैसे कालजयी ग्रंथ में राष्ट्र जागरण का स्पष्ट आभास होता है। उनकी लेखनी ने अपने धर्म को पहचान कर वन्देमातरम् का गीत रचा और एक दिन ऐसा आया जब इस गीत ने पूरे देश को झकझोर कर रख दिया। बंकिम चंद्र चटर्जी ने बांग्ला साहित्य और राष्ट्रवाद को नई दिशा देने का कार्य किया, उसे नई ऊंचाई दी और साथ ही बांग्ला साहित्य को एक सम्मानपूर्ण स्थान दिलाने में भी वह सफल रहे। हर व्यक्ति को उन्होंने भारत भूमि के प्रति समर्पित होने का शाश्वत संदेश दिया अर्थात हमारे वेदों और आर्ष साहित्य में चले आ रहे

परंपरागत शाश्वत सनातन संदेश को उन्होंने पुनर्जीवन प्रदान किया। उनके द्वारा लिखा गया वन्देमातरम् गीत वास्तव में संस्कृतनिष्ठ बंगाली में लिखा गया गीत है।

वास्तव में बंगाली या भारत की अन्य कोई भी प्रांतीय भाषा संस्कृतनिष्ठ ही मिलती है। इससे यह स्पष्ट हो जाता है कि संस्कृत सभी भाषाओं की जननी होने के कारण भारत की सारी भाषाएं एक ही परिवार की भाषाएं हैं, जो हम सब के सम्मान की पात्र हैं। बंगाली को एक अलग भाषा मानने समझने से पहले हमें उसके संस्कृतनिष्ठ होने के भाव को समझने की आवश्यकता है। ऐसा करने से हम सब अपने राष्ट्र की परंपराओं के प्रति एकनिष्ठ हो सकते हैं।

बंकिम चंद्र चटर्जी नाम 'वन्देमातरम्' लिखा तो लोगों ने इसे हृदय से अपना समर्थन दिया। तत्कालीन भारत में अपनी स्वाधीनता को लेकर जिस प्रकार की बेचैनी थी, उस बेचैनी को वन्देमातरम् ने अभिव्यक्ति दी। वन्देमातरम् के बारे में हमें यह भी समझना चाहिए कि जब बंकिम चंद्र चटर्जी ने इसे लिखा था तो उन्होंने इसका नाम बंदे मातरम दिया था। क्योंकि बंगाली में वकार को कोई स्थान नहीं दिया गया है। परंतु यदि इसका हम हिंदी उच्चारण करें तो इसे 'वन्देमातरम्' कहना ही उचित है।

लोगों ने भाषाई और प्रांतवाद की सीमाओं को तोड़कर एक-दूसरे का हाथ-हाथ में लेकर साथ चलना स्वीकार किया। सबका लक्ष्य एक हो गया। सब की दिशा एक हो गई। सब की सोच एक हो गई और सबका गंतव्य एक हो गया। वास्तव में नारा वही सफल होता है जो सभी लोगों को एकता के सूत्र में पिरोने में सफल हो जाए। लोग उसके अनुसार आचरण करना सीख लें और जैसी उसकी भावना है, उसी के अनुरूप कार्य करना आरंभ कर दें। इसलिए सफल नारा लोगों के भीतर स्वाभिमान का भाव उत्पन्न करता है। देश - अभिमान पैदा करता है और कुव्यवस्था के प्रति उन्हें विद्रोही बनाता है। उन्हें समझाता है कि आत्मसम्मान के लिए तुम्हें लड़ना होगा। उठना होगा और लक्ष्य की प्राप्ति तक रुकना नहीं होगा।

विद्रोह निश्चित रूप से एक बुरी चीज है। परंतु जब यह खोए हुए आत्मसम्मान को पाने के लिए प्रचलित व्यवस्था के विरुद्ध अपनाया जाता है या किया जाता है तो यह पुण्य बन जाता है। क्योंकि उस समय ऐसे विद्रोह का लक्ष्य जनकल्याण और राष्ट्र कल्याण होता है। हमारे वेद ने हमको बताया है कि स्वराज्य दो दिशाओं में काम करता है। उसकी पहली दिशा का नाम जनकल्याण है और दूसरी दिशा का नाम विश्व कल्याण है। वेद ने जन कल्याण को "जनभूतस्थ" कहा है और विश्व कल्याण को "विश्वभूतस्थ" कहा है।

बंकिम चंद्र चटर्जी और स्वराज्य

बंकिम चंद्र चटर्जी स्वराज्य की जिस साधना का कार्य कर रहे थे वह भी हमें जन कल्याण और विश्व कल्याण के लिए प्रेरित कर रही थी। भारत के लोग सनातन परंपराओं में विश्वास रखते हैं। सनातन वह है जो पुरातन होकर भी अधुनातन रहता है। नवीन रहता है। उसमें कभी पुरानापन नहीं आता। उसका चिंतन पहले दिन भी वैज्ञानिक था, आज भी वैज्ञानिक है, आने वाले समय में भी अनंत काल तक वह वैज्ञानिक बना रहेगा। सनातन की इस मौलिक चेतना में स्वराज्य का चिंतन पहले दिन से है। इसलिए वन्देमातरम् की परंपरा भारत की सनातन परंपरा है। यह परंपरा हम भारतीयों को पूर्वजों की ओर से सनातन धरोहर के रूप में प्राप्त हुई है। स्वराज्य और मातृभूमि के प्रति निष्ठा का भाव रखना हम भारतवासियों की मौलिक चेतना में समाहित है। इसलिए जब बंकिम चंद्र चटर्जी ने खोई हुई स्वाधीनता को प्राप्त करने के लिए वन्देमातरम् का गीत प्रस्तुत किया तो पुण्य भूमि भारत पर निवास करने वाले सभी सनातनियों ने उसका हृदय से स्वागत किया।

"गॉड सेव द क्वीन" और वन्देमातरम्

उन दिनों अंग्रेजों ने ' गॉड सेव द क्वीन' नाम का एक गीत लिखवाकर उसे भारत के लोगों के लिए और विशेष रूप से विद्यालयों या स्कूलों में पढ़ने वाले छात्र-छात्राओं के लिए गाना अनिवार्य कर दिया था। अंग्रेजों की इस प्रकार की नीति को बंकिम चंद्र चटर्जी ने अपने देश के स्वाभिमान पर चोट समझा। देश के आत्म सम्मान को बचाने के लिए ही उन्होंने ७ नवंबर १८७५ को वन्देमातरम् गीत लिखा।

बंकिम चंद्र चटर्जी ने अपने जीवन काल में बांग्ला भाषा में कुल १४ उपन्यास लिखे थे। जिनमें 'आनंदमठ', 'कपालकुंडला', और 'विषबृक्ष' विशेष रूप से उल्लेखनीय हैं।

उनकी लेखन शैली बहुत लोकप्रिय हुई। जिससे उनके उपन्यास जन सामान्य ने भी पढ़ने आरंभ किये। इस प्रकार बांग्ला साहित्य को जनमानस तक पहुंचाने में उन्होंने महत्वपूर्ण योगदान दिया।

संन्यासी आंदोलन और वन्देमातरम्

ब्रिटिश सरकार की दमनकारी नीतियों के विरुद्ध उन दिनों संन्यासी आंदोलन चल रहा था। ब्रिटिश सरकार की दमनकारी नीतियों को देश के संन्यासियों और फकीरों ने खुली चुनौती दे डाली थी। इस आंदोलन को सफल बनाने के लिए किसान और जमींदार भी संन्यासियों के साथ मैदान में उतर आए थे।

जिसके चलते आंदोलन ब्रिटिश सरकार के लिए जी का जंजाल बन चुका था। १७७० ईस्वी में बंगाल में जब भयानक अकाल पड़ा था तो उस समय ब्रिटिश सरकार ने अकाल पीड़ित लोगों के साथ जिस प्रकार की अत्याचार पूर्ण नीति का प्रदर्शन किया था, वह लोगों को रास नहीं आई थी। 'विकिपीडिया' के अनुसार उस काल में लगभग १ करोड़ लोग मारे गए थे, इसके उपरांत भी ब्रिटिश सरकार का हृदय नहीं पसीजा था। उस अकाल को पड़े अब लगभग सौ वर्ष हो गए थे। परंतु ब्रिटिश सरकार की नीतियां ज्यों की त्यों थीं। उनमें जनकल्याण की तनिक भी चिंता नहीं थी। यही कारण था कि हमारे हिंदू संन्यासी और मुस्लिम फकीर, किसान, मजदूर और जमींदार सब मिलकर ब्रिटिश सरकार के विरुद्ध आंदोलनरत थे। ब्रिटिश सरकार के अत्याचारों से मुक्ति प्राप्त करना लोगों के लिए अनिवार्य हो गया था, जिसे देश के संन्यासी अपना नेतृत्व प्रदान कर रहे थे। ब्रिटिश सरकार हिंदुओं के तीर्थ स्थान पर भी अपना शिकंजा कस रही थी। जिसे लेकर साधु संन्यासियों में और भी अधिक रोष व्याप्त हो गया था। इन लोगों ने ' गोरिल्ला युद्ध नीति ' का सहारा लिया और अंग्रेजों के लिए एक बड़ी चुनौती खड़ी कर दी। अपनी ' गोरिल्ला युद्ध नीति' के अंतर्गत ये लोग अंग्रेजों के गोदामों पर धावा बोलते थे और उन्हें लूटकर जंगलों की ओर भाग जाते थे।

राष्ट्रवादी चिंतनधारा के लेखक और कवि बंकिम चंद्र चटर्जी इन सभी घटनाओं को बड़े ध्यान से देख रहे थे। संन्यासियों की राष्ट्रवादी सोच ने उन्हें बहुत प्रभावित किया। वह इस बात से और भी अधिक प्रभावित थे कि संन्यासियों के साथ किसान, मजदूर, जमींदार सभी लगे हुए थे। तब उन्होंने इस राष्ट्रवादी आंदोलन को और भी अधिक गति देने के लिए अपनी लेखनी से इसका समर्थन किया। लोगों तक इस आंदोलन का संदेश देने का निर्णय उन्होंने लिया। अपनी इसी मानसिकता से प्रेरित होकर उन्होंने वन्देमातरम् गीत की रचना की।

बंकिम चंद्र चटर्जी ने अपने उपन्यास ' आनंदमठ' और 'देवी चौधरानी' में संन्यासियों के इस राष्ट्रवादी विद्रोह की घटनाओं का विशेष रूप से वर्णन किया। उन्होंने अपने उपन्यास आनंद मठ में 'वन्देमातरम्' का बार-बार प्रयोग किया है। उनकी भाषा शैली ने उनके इस उपन्यास को बहुत अधिक लोकप्रियता प्रदान की। जनसाधारण ने इसको पढ़ा और पढ़कर न केवल उन्होंने देश की विस्फोटक परिस्थितियों को समझा, अपितु वन्देमातरम् को एक लोकप्रिय नारा भी बना दिया।

ब्रिटिश सरकार सन १८०० तक इस आंदोलन को लेकर लोगों पर बर्बर अत्याचार करती रही। इसके उपरांत भी लोग वन्देमातरम् से ऊर्जा प्राप्त करते रहे और संतों, संन्यासियों,

और फकीरों के अनुयायी मिलकर देश के लिए लड़ाई लड़ते रहे। तब किसी भी फकीर ने वन्देमातरम् को लेकर कोई विरोध व्यक्त नहीं किया था। किसी भी फकीर के किसी अनुयायी ने वन्देमातरम् को लेकर अपनी ओर से किसी प्रकार की आपत्ति दर्ज नहीं कराई थी। सबको वन्देमातरम् स्वीकार था। इसका कारण केवल एक था कि सब की लड़ाई का उद्देश्य सांझा था। किसी के चिंतन में अपना देश अलग लेने या अपना कानून अलग चलाने की भावना नहीं थी। जब लोगों का उपदेश एक होता है तो छोटी बात पर सोचना यह एक-दूसरे को नीचा दिखाने या एक-दूसरे की भावनाओं का अपमान करने का विचार तक उनके भीतर नहीं आता है। सब एक दिशा में बढ़कर जब बड़े लक्ष्य के प्रति समर्पित हो जाते हैं तो केवल और केवल राष्ट्र के लिए काम किया जाता है। संप्रदाय और संप्रदाय की सोच या सांप्रदायिक मान्यताओं के प्रति विचार करने की भावना लोगों में लुप्त हो जाती है। यही वह स्थिति होती है जिसे राष्ट्रवाद का शुद्ध स्वरूप कहते हैं। जिसमें निजी सांप्रदायिक मान्यताएं लोगों की व्यक्तिगत मान्यताओं में परिवर्तित हो जाती हैं। उन्हें कभी भी सामूहिक लक्ष्य पर थोपने का प्रयास नहीं किया जाता।

डिप्टी मजिस्ट्रेट : बंकिम चंद्र चटर्जी

बंकिम चंद्र चटर्जी सिविल सेवा में डिप्टी मजिस्ट्रेट के रूप में कार्य कर रहे थे। सरकारी सेवाओं में रहकर राष्ट्रवादी लेखन करना उस समय एक बड़ी चुनौती थी। इसके उपरांत भी उन्होंने इस चुनौती को स्वीकार किया और अपने लेखनी धर्म का ईमानदारी से पालन किया। उन्होंने १८८२ में अपने उपन्यास 'आनंदमठ' में अपने गीत 'वन्देमातरम्' को अंतर्निहित गीत के रूप में स्थान दिया। उनके इस गीत ने बड़ी संख्या में जनमानस को प्रभावित किया था। ८ अप्रैल, १८९४ को इस राष्ट्रकवि का देहांत हो गया था।

विकिपीडिया के अनुसार "सन् २००३ में, बीबीसी वर्ल्ड सर्विस द्वारा आयोजित एक अन्तरराष्ट्रीय सर्वेक्षण में, जिसमें उस समय तक के सबसे मशहूर दस गीतों का चयन करने के लिये दुनिया भर से लगभग ७,००० गीतों को चुना गया था और बी०बी०सी० के अनुसार १५५ देशों/द्वीप के लोगों ने इसमें मतदान किया था उसमें वन्दे मातरम् शीर्ष के 10 गीतों में दूसरे स्थान पर था।"

भारतीय संविधान के पृष्ठ 167 पर व्यौहार राम मनोहर सिंह द्वारा चित्रित वन्देमातरम् लिखा गया था।

अध्याय-6

राष्ट्रगीत का हिंदी भावार्थ

वन्देमातरम्' के बारे में कहा जाता है कि अंग्रेजों ने जब 'गॉड सेव द क्वीन' नामक अपने गीत को भारत के प्रत्येक विद्यालय में लागू करके उसे भारत के नन्हें-मुन्हें नौनिहालों को गाने के लिए विवश करने की नीति अपनाई तो बंकिम चंद्र चटर्जी को ब्रिटिश सरकार का यह कृत्य किसी भी दृष्टिकोण से उचित नहीं लगा। बंकिम चंद्र चटर्जी को लगा कि इस प्रकार का गीत भारत के विद्यालयों में लागू करना भारत के आत्मसम्मान के साथ खिलवाड़ करना है। इससे भारत के लोगों में अपने देश के प्रति उदासीनता का भाव पैदा होगा। परिणामस्वरुप धीरे-धीरे वे विदेशी सरकार के प्रति अपने आपको समर्पित करते चले जाएंगे। जिसे राष्ट्रहित में कदापि स्वीकार नहीं किया जा सकता। इसीलिए उन्होंने ७ नवंबर, १८७५ को राष्ट्र प्रेम से भरे अपने गीत 'वन्देमातरम्' की रचना की। बंकिम चंद्र चटर्जी राष्ट्रवादी चिंतनधारा के कवि थे। उन्होंने अपने इस देश भक्ति के गीत के माध्यम से देशवासियों को स्पष्ट संदेश दिया कि उन्हें जागना होगा और देश, धर्म व संस्कृति के प्रति समर्पित होकर राष्ट्र की स्वाधीनता के लिए काम करना होगा। यदि वह नहीं जगे तो उन्हें ' गॉड सेव द क्वीन' जैसे आत्मसम्मान का विनाश करने वाले गीतों को गाने के लिए तैयार रहना चाहिए।

उन्होंने अपने गीत के माध्यम से देशवासियों को संदेश दिया कि आज यदि हमको "गॉड सेव द क्वीन" जैसा गीत गाने के लिए भी विवश किया जा रहा है तो कल को हमसे कहा जाएगा कि "गॉड सेव द ब्रिटिश अंपायर" गाइए। इस प्रकार हमारे आत्मसम्मान को पूर्णतया कुचल दिया जाएगा।

हमें यह बात ध्यान रखनी चाहिए कि १७५७ में जब प्लासी के युद्ध के पश्चात अंग्रेजों को भारत में अपनी राजनीतिक जड़ें जमाने में सफलता मिली तो भारत के लोगों ने निराशा

को अपना दुर्भाग्य नहीं बनने दिया। वे निरंतर अपनी स्वाधीनता के लिए संघर्ष करते रहे। ३० से अधिक क्रांतियां हमने अगले १९० वर्ष के कालखंड में कर डालीं। इनमें से एक १८५७ की क्रांति को वीर सावरकर जी ने विशेष रूप से उछाल दिया तो वह हम सब की दृष्टि में आ गई, परंतु उससे अलग जो लड़ाइयां लड़ी गईं वे सभी दृष्टि से ओझल रहीं। नीचे हम इन सभी क्रांतियों अथवा आंदोलनों की सूची दे रहे हैं। जिनसे यह स्पष्ट हो जाएगा कि हमें अपने इतिहास पर कितना शोध कार्य करने की आवश्यकता है?

प्लासी का युद्ध (सन् १७५७)
चुआड़ विद्रोह (सन् १७६६)
संन्यासी एवं फकीर विद्रोह (सन् १७६३ से १७७३ तक)
बंगाल का द्वितीय सैनिक विद्रोह (सन् १७९५)
चुआड़ विद्रोह (सन् १७९८ से १८३१ तक)
वेल्लौर का सैनिक विद्रोह (सन् १८०३)
वेलू थाम्पी का संघर्ष (१८०८ - ०९)
भील विद्रोह (सन् १७१७)
नायक विद्रोह (सन् १८२१)
बैरकपुर का प्रथम सैनिक विद्रोह (सन् १८२४)
कोल विद्रोह (सन् १८३१ - ३३)
भूमिज विद्रोह (सन् १८३२ से १८३४ तक)
गुजरात का महीकांत विद्रोह (सन् १८३६)
धर राव विद्रोह (सन् १८४१)
कोल्हापुर विद्रोह (सन् १८४४)
संथाल विद्रोह (सन् १८५५ से १८५६ तक)
सन् १८५५ का सैनिक विद्रोह
प्रथम स्वतंत्रता संग्राम (सन् १८५७)
नील विद्रोह (सन् १८५० से १८६०तक)
कूका विद्रोह (सन् १८७२)
वासुदेव बलवंत फड़के के मुक्ति प्रयास (सन् १८७५ से १८७९)
चाफेकर संघ (सन् १८७९ के आसपास)
बंग-भंग आंदोलन (सन् १९०५)
यूरोप में भारतीय क्रांतिकारियों के मुक्ति प्रयास (सन् १९०५ के आसपास)

अमेरिका तथा कनाडा में गदर पार्टी (प्रथम विश्वयुद्ध के आगे-पीछे)
रासबिहारी बोस की क्रांति चेष्टा
हिंदुस्तान प्रजातंत्र संघ (सन् १९१५ के लगभग)
सशस्त्र क्रांति का प्रगतिशील युग
अगस्त क्रांति (सन् १९४२ का 'भारत छोड़ो आंदोलन')
दक्षिण-पूर्व एशिया में आजाद हिंद आन्दोलन
नौसैनिक विदरोह (सन् १९४६)
गोवा मुक्ति संघर्ष

दादरा तथा नगर हवेली मुक्ति संग्राम

हमारे देश में हुई इन विभिन्न क्रांतियों अथवा आंदोलनों की यह सूची हमें बता रही है कि भारत के लोगों ने अंग्रेजों की गुलामी को कभी स्वीकार नहीं किया। जिस प्रकार भारतवासी अंग्रेजों से पहले मुसलमानों के शासनकाल के विरुद्ध संघर्षरत रहे, उसी प्रकार वे अंग्रेजों के विरुद्ध भी क्रांति का बिगुल निरंतर फूंकते रहे। जिस समय बंकिम चंद्र चटर्जी ने "गॉड सेव द क्वीन" जैसे आत्मसम्मान को चोट पहुंचाने वाले गीत के विरुद्ध भारतीयों के लिए 'वन्देमातरम्' जैसा राष्ट्र प्रेम से भरा गीत बनाया, उस समय भी भारत वर्ष में क्रांति का परिवेश था। वासुदेव बलवंत फड़के और उनके साथी क्रांति की धूम मचा रहे थे। इन क्रांतिकारियों के इस प्रकार के मुक्ति प्रयासों से बंकिम चंद्र जैसा राष्ट्रवादी कवि निरपेक्ष रहा हो, ऐसा माना ही नहीं जा सकता? इस प्रकार बंकिम चंद्र चटर्जी का यह गीत अर्थात वन्देमातरम् वासुदेव बलवंत फड़के जैसे क्रांतिकारियों के मुक्ति प्रयासों को एक प्रकार की नई ऊर्जा देने का एक प्रयास था।

जितने भर भी लोग वासुदेव बलवंत फड़के जैसे क्रांतिकारियों के मुक्ति प्रयासों का समर्थन कर रहे थे या देश के दूरस्थ क्षेत्रों में इसी प्रकार के कार्यों में लगे हुए थे, उनके कानों तक 'वन्देमातरम्' को पहुंचाना उस समय का एक बहुत ही महत्वपूर्ण और साहसिक कार्य था। यहां तक कि इस प्रकार के गीत की रचना करना भी उस समय का एक साहसिक कार्य ही माना जाना चाहिए। क्योंकि ब्रिटिश सरकार इस प्रकार के गीतों पर तो प्रतिबंध लगाती ही थी, इस प्रकार के गीतों को रचने वाले लोगों को भी अनेक प्रकार की यातनाएं देकर उनके जीवन को बहुत ही कष्ट पूर्ण बना देती थी। ब्रिटिश सरकार की इस प्रकार की नीतियों के चलते बंकिम चंद्र चटर्जी ने यदि ' वन्देमातरम् ' की रचना की तो इससे उनके क्रांतिकारी व्यक्तित्व का सहज अनुमान लगाया जा सकता है। उन्हें अपने प्राणों की कोई चिंता नहीं

थी। उन्हें चिंता थी तो केवल अपने देश की चिन्ता थी। इसके लिए यदि उनके प्राण जाते हों तो वे सहर्ष अपना बलिदान दे सकते थे।

बंकिम चंद्र चटर्जी के वन्देमातरम् के छह छंद और उनकी हिंदी व्याख्या इस प्रकार है :- वन्देमातरम्

सुजलाम् सुफलाम् मलयज शीतलाम्
शस्य-श्यामलाम् मातरम्॥ वन्दे मातरम्॥१॥

अर्थ – "हे माँ मैं तुम्हें प्रणाम करता हूँ। माँ तुम पानी से भरी हुई हो, फलों से भरी हुई हो। हे माँ तुम्हें मलय से आती हुई हवा शीतलता प्रदान करती है। हे माँ तुम फसल से ढकी रहती हो। हे माँ मैं तुम्हें प्रणाम करता हूँ।"

अपनी भारत माता अथवा राष्ट्रभूमि, मातृभूमि के प्रति कितनी श्रद्धा, कितना विश्वास, कितना प्रेम, कितना उल्लास और कितना आत्मीय लगाव झलकाने वाले शब्द हैं ये? जिसने अपनी भारत माता के अपने प्रति किए गए उपकारों को समझ लिया है, वही हृदय इस प्रकार के शब्दों की रचना कर सकता है। यह किसी कवि की कल्पना मात्र नहीं है बल्कि एक जीवंत राष्ट्र की अपनी मातृभूमि के प्रति असीम प्रेम की अभिव्यक्ति है। कल्पना मन तक उतरती है, वह आत्मा को आनंदित नहीं कर सकती। क्योंकि आत्मा कल्पनाओं में नहीं रहती। आत्मा यथार्थ में रहती है और जब यथार्थ को छूने वाली कोई कविता या गीत उसके क्षेत्र में प्रवेश करता है तो वह उसके साथ अवश्य ही तारतम्य बना लेती है। आत्मा चेतन है, जिसे भ्रमित नहीं किया जा सकता।

इसके विपरीत मन एक जड़ वस्तु है और जड़ को भ्रमित किया जा सकता है। यदि 'वन्देमातरम्' हमारी चेतना को झंकृत करता है तो समझिए कि यह हमारी आत्मा का विषय है। तब निश्चित रूप से कहा जा सकता है कि राष्ट्र भी हमारी आत्मा का ही विषय होता है।

शुभ्र-ज्योत्सनां पुलकित यामिनीम्
फुल्ल कुसुमित द्रुमदल शोभिनीम्
सुहासिनीम् सुमधुर-भाषिणीम्।
सुखदाम् वरदाम् मातरम्॥ वन्दे मातरम्॥२॥

अर्थ – "वह जिसकी रात्रि को चाँद की रोशनी शोभायमान करती है, वह जिसकी भूमि खिले हुए फूलों से सुसज्जित पेड़ों से ढकी हुई है। सदैव हंसने वाली, मधुर भाषा बोलने वाली, सुख देने वाली, वरदान देने वाली माँ, मैं तुम्हें प्रणाम करता हूँ।"

युग-युगों से यह राष्ट्र भूमि, हमारी पवित्र भारत भूमि हम पर उपकार करती चली आ रही है। जिसने आज हमको ही नहीं - हमारे पिता, पितामह, प्रपितामह और उनके दादा परदादाओं का इसी प्रकार पालन पोषण किया है, उनको संरक्षण प्रदान किया है, उनकी हर प्रकार से रक्षा की है।

मेरा मानना है कि मैं आज जिस रूप में हूं ,उस रूप में मेरे दादा - परदादाओं की छाया मेरे साथ है। उनका आशीर्वाद मेरे साथ है। समझो मेरा शरीर उन्हीं के नए रूप में अवतरित हुआ है। जिसे यह मां उतना ही प्यार दे रही है, जितना इसने मेरे पूर्वजों को दिया था। इस पवित्र भारत भूमि के प्रति हमारा कर्तव्य है कि जब यह हमको युग-युगों से संरक्षण देती आई है, हमारा पालन पोषण करती आई है तो हम इसके प्रति कृतज्ञता के भाव व्यक्त करें। कृतज्ञ हृदय केवल और केवल गुण देखता है। अवगुणों पर उसकी दृष्टि जाती ही नहीं है। यदि इन पंक्तियों को देखें तो कवि अपनी मां के केवल गुणों को ही देख पा रहा है। मां में त्रुटि तो उसे रंच मात्र भी दिखाई नहीं दे रही है। ....और यह सत्य भी है कि मां में कोई त्रुटि होती भी नहीं है।

बंकिम चंद्र चटर्जी आगे लिखते हैं : -

कोटि-कोटि कंठ कल-कल निनाद कराले
कोटि-कोटि भुजैर्धृत खरकरवाले,
अबला केन मा एत बले
बहुबल धारिणीम् नमामि तारिणीम्
रिपुदलवारिणीम् मातरम्॥ वन्दे मातरम्॥ ३॥

अर्थ – "करोड़ों कंठ मधुर वाणी में तुम्हारी प्रशंसा कर रहे हैं। करोड़ों हाथों में तेरी रक्षा के लिए धारदार तलवारें निकली हुई हैं। माँ कौन कहता है कि तुम अबला हो? तुम बल धारण किए हुए हो। तुम तारने वाली हो, मैं तुम्हें प्रणाम करता हूँ। माँ तुम शत्रुओं को समाप्त करने वाली हो। माँ मैं तुम्हें प्रणाम करता हूँ।"

'करोड़ों कंठ मधुर वाणी में तुम्हारी प्रशंसा कर रहे हैं' इस पंक्ति का अर्थ है कि जितने भी राष्ट्रभक्त राष्ट्रवासी, ज्ञानी-ध्यानी-तपसी-महात्मा जन हैं, वे सभी तुम्हारे प्रति श्रद्धा के गीत गाते हैं। क्योंकि उन सबको तुम्हारे महत्व और तुम्हारी सत्तर का आभास है, ज्ञान है। ज्ञानी, ध्यानी कविजन तुम्हारी आरती उतारते हैं। तुम्हारा गुणगान करते हैं। तुम्हारा संकीर्तन करते हैं। वेद में ऐसे लोगों को अज्ञान से लड़ने वाले ब्राह्मण कहा गया है। अगली पंक्ति में बंकिम चंद्र चटर्जी कह रहे हैं कि "करोड़ों हाथों में तेरी रक्षा के लिए धारदार तलवारें निकली हुई

हैं।" तलवारों को हाथों में लिए ये कौन लोग हैं? निश्चित रूप से यहां पर कवि का संकेत देश की क्षत्रिय शक्ति की ओर है। जो अन्याय नाम के अत्याचारी शत्रु से लड़ते हैं अर्थात राष्ट्र में कहीं पर भी यदि कोई उपद्रव कर अशांति फैलाता है या राष्ट्र के लिए किसी भी प्रकार का अशांत वातावरण सृजित करता है तो उनसे लड़ने के लिए हमारे क्षत्रियों के हाथों में तलवारें चमचमाती हुई दिखाई देती हैं। ये लोग और कोई नहीं हैं, ये मातृभूमि के रक्षक क्षत्रिय हैं। जो अपनी मां के लिए चौबीसों घंटे रक्षक बनकर काम करते हैं।

इन क्षत्रियों के भीतर मां के द्वारा दिए जाने वाले अन्न से ही बल उत्पन्न होता है। ओज और शक्ति प्राप्त होती है। इसलिए मां तुम प्रणम्य हो।

गीत के अगले शब्द हैं: -

तुमि विद्या तुमि धर्म
तुमि हृदि तुमि मर्म
त्वं हि प्राणा: शरीरे
बाहु ते तुमि मां शक्ति
हृदये तुमि मां भक्ति
तोमारइ प्रतिमा गडि मंदिरे मंदिरे॥ वन्दे मातरम्॥ ४॥

अर्थ –"तुम ही विद्या हो, तुम ही धर्म हो। तुम ही हृदय, तुम ही तत्व हो। तुम ही शरीर में स्थित प्राण हो। हमारी बाँहों में जो शक्ति है वो तुम ही हो। हृदय में जो भक्ति है वो तुम ही हो। तुम्हारी ही प्रतिमा हर मन्दिर में गड़ी हुई है। माँ मैं तुम्हें प्रणाम करता हूँ।"

राष्ट्र भूमि की वंदना में इन शब्दों का भी बहुत गहरा अर्थ है। कवि को सर्वत्र मां ही मां दिखाई दे रही है। वास्तव में ये मां का विराट स्वरूप है। विद्या में भी वही है। धर्म में भी वही है। हृदय में भी वही है। तत्व, शरीर और हमारी बांहों की शक्ति भी वही है, हृदय में वही भक्ति के रूप में प्रवाहित है। वास्तव में ये माता की शक्ति के विभिन्न स्वरूप हैं।

त्वं हि दुर्गा दशप्रहरणधारिणीम्
कमला कमलदलविहारिणी
वाणी विद्यादायिनी, नमामि त्वां, नमामि कमलाम्।
अमलाम्, अतुलाम्, सुजलाम्, सुफलाम्, मातरम्॥ ५॥

भारत दुर्गा का उपासक है। जिसका अभिप्राय है कि हम शक्ति की,अस्त्र-शस्त्र की उपासना करने वाले लोग हैं। हम हर उस अत्याचारी, दुष्ट, राक्षस व्यक्ति के विरुद्ध हथियार उठा लेते हैं जो मानवता का हत्यारा होता है। जो धर्म का हत्यारा होता है और जो राष्ट्र का

हत्यारा होता है। इस रूप में हम अपनी मातृभूमि को ' दुर्गा ' के रूप में उपासित करते हैं। इस कार्य को राष्ट्र में क्षत्रिय लोग करते हैं। सारे क्षत्रिय लोग मां दुर्गा के उपासक हैं। हम समृद्धि की कामना करने वाले लोग हैं। देश में सुख समृद्धि की कामना में लगे रहने वाले लोग हमारे यहां पर वैश्य कहे जाते हैं। वैश्य लक्ष्मी के उपासक हैं। भारत माता दुर्गा इसलिए है कि वह क्षत्रियों का निर्माण करने वाली है।

हम सरस्वती के अर्थात ज्ञान - विज्ञान के भी उपासक हैं। इस कार्य में लगे हुए लोग ब्राह्मण कहे जाते हैं। ब्राह्मण क्षत्रिय और वैश्य सब मिलकर शूद्र की भलाई के लिए उसके कल्याण के लिए काम करते हैं। इस प्रकार पूरा राष्ट्र दुर्गा, लक्ष्मी, सरस्वती की उपासना करते हुए अपने शूद्र वर्ग के कल्याण के कामों में लगा रहता है। अंततः इस सब के लिए साधन हमारी मातृभूमि ही प्रदान करती है। इसलिए हम सब मिलकर सामूहिक रूप से मातृभूमि के गीत गाने वाले लोग हैं। हम ब्राह्मण, क्षत्रिय, वैश्य दुर्गा - लक्ष्मी- सरस्वती के अलग-अलग उपासक नहीं हैं , मूल रूप में तो हम एक ही शक्ति के उपासक हैं। इन तीनों के गुण-कर्म- स्वभाव अलग हो सकते हैं , परंतु अंततः हम एक ही शक्ति के समक्ष नतमस्तक होते हैं और वह शक्ति हमारी मातृभूमि है। यह मातृभूमि समझो हमारी संस्कृति का केंद्र है। हमारे राष्ट्रवाद का केंद्र है। हमारे धर्म का केंद्र है। हमारी सनातन मान्यताओं का केंद्र है। जिससे इन तीनों की अर्थात गंगा - जमुना- सरस्वती की त्रिवेणी निकलती हैं। वास्तव में हमको अपनी इन तीनों शक्तियों को अर्थात ब्राह्मण- क्षत्रिय - वैश्य , गंगा- यमुना - सरस्वती और दुर्गा - लक्ष्मी- सरस्वती को पहचानना होगा। जिन लोगों ने इनका गलत अर्थ निकाला, उनको आपत्ति रही कि हम ' वन्देमातरम् ' नहीं गाएंगे और उन्होंने ही 'वन्देमातरम्' पर बवाल काटना आरंभ कर दिया। आज भी काट रहे हैं। जिन लोगों को इन शब्दों के अर्थ ज्ञात नहीं थे, वे नहीं समझ पाए कि पूरा राष्ट्र इसी त्रिवेणी में स्नान कर रहा है और पवित्रता का अनुभव कर रहा है। इसलिए वह बवाल काटने वालों को भी समझा नहीं पाए। क्योंकि वे धर्मनिरपेक्ष हो गए थे।

इस छंद में कवि ने ' दुर्गा, लक्ष्मी, सरस्वती ' के रूपक के साथ राष्ट्र की वंदना की है। उन्होंने यह भी कहा है कि हे मां ! मैं तुम्हारे लिए इसलिए भी प्रणाम करता हूं क्योंकि तुम पवित्र, अतुलनीय, जल और फल से भरपूर हो।

बंकिम चंद्र चटर्जी आगे लिखते हैं: -

श्यामलाम्, सरलाम्, सुस्मिताम्, भूषिताम्
धरणीम्, भरणीम्, मातरम्।। वन्दे मातरम्।। ६।।

यहां पर कवि महोदय कह रहे हैं कि "श्यामवर्ण वाली,अति सरल,सदैव हँसने वाली, भूषित, धारण करने वाली,पालन-पोषण करने वाली माँ हो तुम।

माँ मैं तुम्हारी वन्दना करता हूँ।"

हमारा पालन पोषण कर रही हो-

इसलिए तुम हमारे लिए वंदनीय हो,

हमारे जीवन के लिए सारे साधन उपलब्ध करा रही हो- इसलिए हमारे लिए वंदनीय हो तुम,

हमारा वृद्धि और विकास कर रही हो

- इसलिए हमारे लिए अभिनंदनीय हो तुम,

हमारे व्यक्तित्व का निरंतर विकास कर रही हो-

इसलिए हमारे लिए प्रातः स्मरणीय हो तुम।

अध्याय-7

वन्देमातरम् और भारत का स्वाधीनता आंदोलन

हम सभी जानते हैं कि भारतीय राष्ट्रीय कांग्रेस की स्थापना १८८५ में हुई थी। १८५७ की क्रांति की पुनरावृत्ति को रोकने के लिए इस संगठन की स्थापना की गई थी अर्थात अंग्रेजों को इस बात का डर निरंतर सताता रहता था कि भारत के लोग १८५७ की क्रांति को कहीं फिर से न दोहरा दें? इसलिए अंग्रेजों ने यह निर्णय लिया कि भारत के लोगों का आक्रोश कम करने के लिए कोई ऐसा संगठन स्थापित किया जाए जो उन्हें ब्रिटिश सरकार के विरुद्ध एकजुट होने से रोकने का काम कर सके और उनके भीतर क्रांति के राष्ट्रवादी भावों का संचार न होने पाए। तब एक ब्रिटिश सेवानिवृत्त आईसीएस अधिकारी ए.ओ.ह्यूम ने इस संगठन की स्थापना की। इस ब्रिटिश अधिकारी ने १८५७ की क्रांति में भाग लिया था और १३१ भारतीय लोगों की हत्या भी की थी।

१८८६ में जब भारतीय राष्ट्रीय कांग्रेस का दूसरा अधिवेशन कोलकाता में हुआ तो जाने-अनजाने पता नहीं कैसे इस संगठन के मंच से यह गीत अर्थात 'वन्देमातरम्' गाया गया था। तब उस समय इसे कविवर हेमचंद्र द्वारा स्वर दिया गया था। भारतीय राष्ट्रीय कांग्रेस के मंच से इस गीत का गाया जाना एक महत्वपूर्ण घटना थी। भारतीय राष्ट्रीय कांग्रेस की स्थापना ब्रिटिश सरकार के लिए एक सुरक्षा कवच के रूप में की गई थी। इसलिए प्रारंभिक कांग्रेसी अधिवेशनों के काल में इस प्रकार के गीतों का इसके मंच से प्रसारण होना सचमुच आश्चर्यजनक था।

यह इसलिए भी महत्वपूर्ण था कि इस गीत को गाए जाने से प्रत्येक वर्ष कांग्रेस के वार्षिक अधिवेशनों में इसे गाने की परंपरा पड़ जानी चाहिए थी। इसके उपरांत भी यह बात ध्यान देने योग्य है कि उस समय कांग्रेस के किसी मुस्लिम सदस्य अथवा ब्रिटिश सरकार की ओर से इस गीत को लेकर किसी प्रकार की आपत्ति नहीं की गई थी। यद्यपि कालांतर

में जब इस गीत ने लोगों को तेजी से अपनी ओर आकर्षित करना आरंभ किया और भारतवर्ष में राष्ट्रवाद की लहर इस गीत के कारण दौड़नी आरंभ हुई तो ब्रिटिश सरकार इस को लेकर सावधान हुई।

कांग्रेस का १२ वां अधिवेशन

सन १८९६ में कांग्रेस का १२ वां अधिवेशन कोलकाता में आयोजित किया गया था। जिसकी अध्यक्षता मुस्लिम नेता एम. रहीमतुल्ला सयानी द्वारा की गई थी। वह कांग्रेस के स्थापना अधिवेशन अर्थात १८८५ में भी उपस्थित रहे थे। उनकी गिनती उस समय एक प्रमुख भारतीय वकील और राजनेता के रूप में की जाती थी। उन्होंने मुस्लिम समाज के लोगों से भारत के स्वाधीनता आंदोलन में सम्मिलित होने और कांग्रेस का साथ देने का आह्वान किया था। वह मुंबई में विधान परिषद के सदस्य भी रहे थे। सन १८९६ में उन्हें कांग्रेस के १२ वें कोलकाता अधिवेशन का अध्यक्ष बनाया गया था।

एम. रहीमतुल्ला सयानी की उपस्थिति में कांग्रेस के इस अधिवेशन में रवींद्रनाथ ठाकुर द्वारा 'वन्देमातरम्' गीत गाया गया था। कांग्रेस के सभी सदस्यों ने इस गीत के प्रति अपनी श्रद्धा प्रकट की थी।

लोकमान्य बाल गंगाधर तिलक और वन्देमातरम्

लोकमान्य बाल गंगाधर तिलक स्वराज्य के समर्थक थे। उन्होंने प्रारंभ से ही पूर्ण स्वराज्य की साधना करनी आरंभ कर दी थी। वह टुकड़ों में स्वराज्य लेने के समर्थक नहीं थे।

इसीलिए देश के लोग भी उनका विशेष सम्मान करते थे। १९०५ में उन्होंने ' स्वराज्य मेरा जन्मसिद्ध अधिकार है और मैं उसे लेकर ही रहूंगा' - ऐसे क्रांतिकारी विचार व्यक्त करते हुए लोगों को पूर्ण स्वराज्य की महत्ता बता दी थी।

लोकमान्य बाल गंगाधर तिलक यह भी भली प्रकार जानते थे कि स्वराज्य की यह लड़ाई वन्देमातरम् के माध्यम से ही जीती जा सकती है। क्योंकि 'वन्देमातरम्' लोगों के भीतर देश भक्ति के भावों का संचार कर रहा था।

यही कारण रहा कि वह वन्देमातरम् के प्रति विशेष श्रद्धा रखते थे। लोगों तक वन्देमातरम् के संदेश को पहुंचाने के भाव से प्रेरित होकर उन्होंने छत्रपति शिवाजी महाराज की समाधि पर भी इस गीत की पंक्तियां लिखवाई थीं। उन्होंने अपने भाषणों में लोगों के मध्य जाकर मंचों से वन्देमातरम् शब्द का बार-बार प्रयोग किया। उनके समर्थकों ने भी इस

शब्द का बहुत ही सम्मान के साथ नारे के रूप में प्रयोग किया। उन सबके भीतर वन्देमातरम् के प्रति एक विशेष आकर्षण का भाव उत्पन्न हो गया था। लोकमान्य बाल गंगाधर तिलक जब सन १९१४ में जेल से छूटकर बाहर आए तो उस समय भी उनके समर्थकों ने ' वन्देमातरम् ' का जय घोष किया था। लोगों का उत्साह देखते ही बनता था। अगले दिन के समाचार पत्रों में इस सारी घटना का समाचार प्रकाशित हुआ था। जिससे इस नारे को और अधिक लोकप्रियता प्राप्त हुई।

उग्र आंदोलन और वन्देमातरम्

लाला लाजपत राय , लोकमान्य बाल गंगाधर तिलक, विपिन चंद्र पाल अर्थात लाल, बाल, पाल की इस सुविख्यात तिक्कड़ी ने जिस आंदोलन के माध्यम से भारत को स्वाधीन करने का मार्ग अपनाया था, उसे भारत के स्वाधीनता आंदोलन के इतिहास में उग्र आंदोलन के रूप में जाना जाता है। उग्र का अभिप्राय आज के प्रचलित शब्द उग्रवाद से नहीं है। इसका अभिप्राय है तेजस्वी राष्ट्रवाद का समर्थक होना। पूर्ण तेजस्विता के साथ अपनी मांगों को प्रस्तुत करना और उतनी ही तेजस्विता के साथ उन मांगों को मनवाने के लिए आंदोलन करना। इसमें "जैसे को तैसा" की नीति पर काम किया जाता है। जिसे उर्दू में "तुर्की ब तुर्की जवाब देना" कहा जाता है।

इस आंदोलन के नेताओं का मानना था कि यदि अंग्रेज देश को प्यार से छोड़ने के लिए तैयार नहीं हैं तो उनके विरुद्ध उन्हीं की शैली में युद्ध करना या युद्ध के उपाय अपनाना कोई बुरी बात नहीं है। स्पष्ट है कि इस प्रकार के उग्र विचारों को फैलाने में "वन्देमातरम्" की विशेष भूमिका रही थी। उन दिनों वन्देमातरम् का बोलना अपने आप को राष्ट्रवादी के रूप में प्रस्तुत करना होता था। किसी भी व्यक्ति के मुंह से यदि कोई व्यक्ति वन्देमातरम् का उद्घोष सुन लेता था तो उसके प्रति वह स्वयं ही आकर्षित हो जाता था। लाल - बाल- पाल का इस वन्देमातरम् को अपनाना उनके लिए बहुत ही लाभकारी सिद्ध हुआ। इसे आप इस प्रकार भी कह सकते हैं कि लाल - बाल - पाल के द्वारा इस नारे को अपनाने पर यह जनसाधारण की जिव्हा पर आ गया। बड़े नेताओं का अनुकरण सामान्य रूप से जनसाधारण किया करता है। जब देश के लोगों ने देखा कि हमारे बड़े नेता लोकमान्य बाल गंगाधर तिलक, लाला लाजपत राय और विपिन चंद्र पाल वन्देमातरम् का प्रयोग कर रहे हैं तो उन्होंने भी उनका अनुकरण करते हुए इस जयघोष को जनसाधारण का जयघोष बना दिया।

इस प्रकार वन्देमातरम् उन दिनों क्रांति की मशाल बन गया था। लोगों को देश - धर्म पर अपना बलिदान देने के लिए प्रेरित करने वाला प्रकाश पुंज बन गया था। राष्ट्र धर्म पर मर

मिटने की भावना का प्रतीक बन गया था। क्रांति की इस मशाल की लौ से अनेक युवाओं को प्रेरणा मिली। नई ऊर्जा मिली। जिससे देश का क्रांतिकारी आंदोलन तेजी से आगे बढ़ा। वन्देमातरम् बोलना देश-धर्म पर मर मिटने के लिए अपने आप को समर्पित करना होता था।

कांग्रेस के मंच से गाया जाता रहा वन्देमातरम्

सर दिनशॉ एडुलजी वाचा की अध्यक्षता में सन् १९०१ में कांग्रेस का अधिवेशन कोलकाता में संपन्न हुआ। वह एक पारसी राजनीतिज्ञ थे। जो कि कांग्रेस के संस्थापक सदस्यों में से एक थे। उनकी अध्यक्षता में संपन्न हुए कांग्रेस के कोलकाता अधिवेशन में 'वन्देमातरम्' गीत को श्री चरणदास के द्वारा फिर से गाया गया था। इसी अधिवेशन में पहली बार गांधी जी भी उपस्थित हुए थे। तब तक उन्हें कोई लोकप्रियता प्राप्त नहीं हुई थी। गांधी जी एक अनजान से व्यक्ति के रूप में इस अधिवेशन में सम्मिलित हुए थे। क्योंकि इस संगठन के बारे में उन्होंने सुन रखा था, इसलिए इसके वार्षिक अधिवेशन में उपस्थित होने के लिए चले गए थे। इस अधिवेशन में सर फिरोजशाह मेहता, लोकमान्य बी.जी. तिलक, जी.के. गोखले जैसे कई नेता उपस्थित रहे थे। जिनसे मिलने का सौभाग्य गांधी जी को मिला। इस प्रकार कई बड़े नेताओं की उपस्थिति में 'वन्देमातरम् ' को यहां पर प्रस्तुत किया गया था। गांधी जी सहित किसी भी नेता ने इस गीत पर किसी प्रकार की आपत्ति नहीं की थी। १९०१ के इस अधिवेशन में ' वन्देमातरम् ' को एक परंपरा के रूप में मान्यता प्राप्त हुई और इसके बाद हर अधिवेशन में यह गीत गाया जाने लगा।

सरला देवी चौधुरानी और वन्देमातरम्

१९०५ में भारतीय राष्ट्रीय कांग्रेस का वार्षिक अधिवेशन बनारस में आयोजित किया गया था। इस राष्ट्रीय अधिवेशन में 'वन्देमातरम्' को गुरुदेव रविंद्र नाथ टैगोर की भतीजी श्रीमती सरला देवी चौधुरानी द्वारा प्रस्तुति दी गई थी। वह अपने समय की एक सुविख्यात शिक्षाविद महिला थीं। भारत के स्वाधीनता आंदोलन में उनका विशेष योगदान रहा था। उन्होंने महिला शक्ति के संगठन पर विशेष कार्य किया था। जिससे उनके द्वारा जब 'वन्देमातरम्' को गाया गया तो महिला शक्ति ने इसे बड़ी तेजी से अपनाया। उनके भीतर एक वीरांगना के भाव थे और देशभक्ति कूट-कूट कर भरी थी। यही कारण था कि श्रीमती सरला देवी चौधुरानी को पंजाब में ' पंजाब की शेरनी' के नाम से जाना जाता था।

श्रीमती चौधुरानी का एक अच्छा राजनीतिक अनुभव रहा था। अबसे पहले भी उन्होंने कांग्रेस संगठन की सेवा की थी।

सन १९०१ के अधिवेशन के बाद से इस गीत को कांग्रेस के राष्ट्रीय अधिवेशन के अवसर पर निरंतर अगले कई वर्ष तक गाया जाता रहा। श्रीमती सरला देवी चौधुरानी ने महिला शक्ति को राष्ट्रीय आंदोलन के साथ जोड़ने में विशेष भूमिका का निर्वाह किया। इस पवित्र कार्य में उनकी अन्य महिला साथियों ने भी उनका भरपूर साथ दिया था। वे राष्ट्रगीत के प्रारंभिक दौर की गायिका थीं। ' भारत स्त्री महामंडल ' की स्थापना कर उन्होंने अपने भीतर छुपी विशेष संगठन शक्ति का परिचय दिया था। उनके इस प्रकार के कार्यों से नारी शक्ति के बीच भी ' वन्देमातरम्' ने अपनी पैठ बनाई। उनके नारी जागरण के कार्यों से महिला सशक्तिकरण की प्रक्रिया को बलवती करने में सहायता मिली। बड़ी संख्या में नारी शक्ति राष्ट्रीय आंदोलन के साथ आकर जुड़ी। महिलाओं ने भारत की प्राचीन परंपरा का निर्वाह करते हुए ' वन्देमातरम्' कहते हुए आजादी की लड़ाई में अपना योगदान दिया।

बंगाल का विभाजन और वन्देमातरम्

१९०५ ईस्वी में अंग्रेजों ने बंगाल का सांप्रदायिक आधार पर विभाजन किया, जिसका राष्ट्रवादी नेताओं , संगठनों, संस्थानों की ओर से तीखा विरोध किया गया। लोग सड़कों पर उतर आए और बंगाल के इस सांप्रदायिक आधार पर किए गए विभाजन को (जिसे इतिहास में बंग-भंग के नाम से जाना जाता है) तुरंत वापस लेने के लिए ब्रिटिश सरकार पर दबाव बनाया जाने लगा। हमारे देश के नेताओं ने बंगाल विभाजन को हिंदू - मुस्लिम एकता में दरार डालने वाला ब्रिटिश सरकार का एक षड़यंत्र पूर्ण कदम माना।

वीर सावरकर ने भी उस समय बंग भंग के विरोध में विदेशी वस्तुओं की होली जलाने का काम किया और स्वदेशी व स्वराज्य के समर्थन में अनेक ओजस्वी भाषण दिए। आगे चलकर १९०७ में उन्होंने १८५७ की क्रांति के ५० वर्ष पूर्ण होने पर उस क्रांति को भारत का प्रथम स्वाधीनता आंदोलन कहकर एक पुस्तक लिखी।

इस पुस्तक को लिखने के लिए उन्हें बंग - भंग के आंदोलन में 'वन्देमातरम्' के माध्यम से एक विशेष प्रेरणा मिली थी। जब उन्होंने देखा कि लोग वन्देमातरम् कहकर किस प्रकार एक नई ऊर्जा से भर जाते हैं? लोगों के भीतर ऊर्जा के संचार को उन्होंने और अधिक गति देने के लिए १८५७ की क्रांति को भारत का प्रथम स्वाधीनता आंदोलन घोषित कर ओजस्वी शैली में वह पुस्तक लिखी तो उसके पश्चात भारत के क्रांतिकारी आंदोलन में और अधिक उफान आ गया। बंग- भंग के प्रकरण को लेकर उन्होंने स्पष्ट घोषित किया कि यह अंग्रेजों की चाल है। जिससे हिंदू और मुस्लिम धर्म की जड़ों को कमजोर किया जा सके। सावरकर जी ने इस विभाजन का विरोध किया और हिंदू - राष्ट्र की अवधारणा के अंतर्गत सभी भारतवासियों को एक सांझा संस्कृति के आधार पर जोड़ने का प्रयास किया।

अंग्रेजों को डर लगने लगा था

६ अगस्त, १९०५ को बंग-भंग के विरोध में कोलकाता के टाउन हॉल के पास हमारे क्रांतिकारियों द्वारा एक विशेष सभा का आयोजन किया गया। जिसकी सूचना मिलने पर लगभग ३०००० लोगों का जनसैलाब वहां एकत्र हो गया। इतनी बड़ी संख्या में लोगों का एक साथ मिलकर वन्देमातरम् का जय घोष करना अंग्रेजों के लिए एक बहुत बड़ी चुनौती थी। उनके लिए बहुत बड़ा संदेश था कि भारत के लोग किसी भी प्रकार के आतंक अथवा अत्याचार से डरने वाले नहीं हैं। इसलिए अंग्रेजों को अपनी दमनकारी और जनविरोधी नीतियों पर पुनर्विचार करना चाहिए।

जब इन सभी लोगों ने सामूहिक रूप से वन्देमातरम् का गान किया तो अंग्रेजों के पैरों के तले की धरती के खिसक गई थी। वह समझ गये थे कि भारत में शीघ्र ही १८५७ की क्रांति की पुनरावृति हो सकती है। वास्तव में अंग्रेज १८५७ की क्रांति के पश्चात भारत के लोगों से और विशेष रूप से क्रांतिकारियों से बहुत अधिक भयभीत रहते थे। भारत के लोगों को उन्होंने इस क्रांति के समय ही सबसे पहले अपने उग्र रूप में देखा था। यद्यपि १८५७ की क्रांति के पश्चात प्रतिक्रांति के समय अंग्रेजों ने लगभग एक से डेढ़ करोड़ भारतवासियों की हत्या कर डाली थी, परंतु इसके उपरांत भी डर तो डर ही होता है। इसलिए उन्हें अब भारत के लोग प्रतिक्षण क्रांति करते हुए दिखाई देने लगे थे।

यही कारण था कि जब बंग-भंग के विरोध में टाउन हॉल की सभा में उन्होंने भारत के लोगों को ३०००० की संख्या में एकत्र हुए देखा तो उन्हें बुरे सपने आने लगे। इस समय जब लोगों ने सामूहिक रूप से 'वन्देमातरम्' का गान किया तो अंग्रेजों को इस गीत से भी डर लगने लगा था। लोगों ने अति उत्साह का प्रदर्शन करते हुए इस समय ' वन्देमातरम् ' संप्रदाय का भी गठन कर लिया था। इससे पता चलता है कि 'वन्देमातरम्' उस समय हमारे देश के लोगों के लिए कितना प्रिय हो गया था?

अध्याय-8

स्वाधीनता आंदोलन अंग्रेज और वन्देमातरम्

'वन्देमातरम्' संप्रदाय ने तेजी से आगे बढ़ना आरंभ किया। इस संप्रदाय की स्थापना होने का अभिप्राय था कि लोगों के भीतर 'वन्देमातरम्' के प्रति इतनी गहरी श्रद्धा उत्पन्न हो गई थी कि वे उसके नाम पर एक संप्रदाय ही बनाने का निर्णय कर बैठे। मानवीय स्वभाव की यदि थोड़ा सी भी समीक्षा की जाए तो पता चलता है कि किसी भी मनुष्य के लिए एक संप्रदाय को छोड़ना या दूसरे को अपनाना बड़ा महत्वपूर्ण निर्णय होता है। हर किसी के लिए यह संभव नहीं है कि वह किसी भी छोटी सी बात पर अपने संप्रदाय को छोड़ दे या किसी नए संप्रदाय को स्थापित कर ले। नए संप्रदाय का स्थापित होना भी बहुत महत्वपूर्ण घटना होती है। इसका अभिप्राय है कि समाज को एक ऐसे संप्रदाय की आवश्यकता है जो युग धर्म के अनुरूप हो। उस समय देश को स्वाधीनता की कशिश थी , उस कशिश की पूर्ति के लिए लोगों ने " वन्देमातरम् संप्रदाय " स्थापित किया, जिसने यह स्पष्ट कर दिया कि अब हम सब कुछ छोड़कर देश की स्वाधीनता के लिए अर्थात स्वराज्य की स्थापना के लिए संकल्पित हो चुके हैं।

ब्रिटिश सरकार इस बात को भली प्रकार जानती थी कि भारत के लोग जब किसी लक्ष्य के प्रति संकल्पित होकर उठ खड़े होते हैं तो इसके पश्चात वे लक्ष्य प्राप्ति के लिए मर मिटने का निर्णय ले लेते हैं। यदि भारत के लोगों ने इस समय 'वन्देमातरम्' को अपना संप्रदाय बना लिया है तो इसका अभिप्राय है कि उन्होंने इसको धर्म की भांति स्वीकार कर लिया है अर्थात 'वन्देमातरम्' अब उनका धर्म हो गया है। लोगों की उस समय की भावनाओं का यदि अनुमान लगाया जाए तो पता चलता है कि शब्द न केवल ब्रह्म होता है बल्कि शब्द धर्म भी बन जाता है। शब्द धर्म तभी बनता है जब उसके बारे में एक सामूहिक भावना यह बन जाती है कि अब इसे त्यागा नहीं जा सकता। उस समय के युग धर्म के

प्रतीक बने वन्देमातरम् का अभिप्राय था - देश को पूर्ण स्वाधीनता दिलवाना। वन्देमातरम् का अभिप्राय था - स्वराज्य की प्राप्ति करना। वन्देमातरम् का अभिप्राय था - अंग्रेजों को अपनी मातृभूमि से खदेड़कर बाहर खड़े कर देना और जिसका अभिप्राय था - सनातन के सर्वोच्च मानवीय मूल्यों की पुनर्स्थापना करना।

हिंदुओं के निशस्त्रीकरण की प्रक्रिया

अंग्रेज यह भली प्रकार जानते थे कि भारत के लोग कितने धार्मिक होते हैं? जब वे किसी संकल्प को अपने धर्म के साथ जोड़ देते हैं तो उसके पश्चात वे कुछ नहीं देखते, जो भी उनके सामने आता है वे उसका सफाया करते चले जाते हैं।

मुगलों ने भारत के सनातन हिंदू समाज का नि:शस्त्रीकरण करके देख लिया, परंतु हिंदू इसके उपरांत भी अपनी स्वाधीनता की लड़ाई उनसे लड़ता रहा। उनके पश्चात् अंग्रेजों ने भी हिंदुओं के नि:शस्त्रीकरण को जारी रखा अर्थात हिंदू कोई शस्त्र धारण नहीं करेगा- यह नियम मुगलों ने भी बनाया और उसके पश्चात अंग्रेजों ने भी बनाया। इसके उपरांत भी सनातन समाज के सम्मान के लिए हिंदुओं ने १८५७ की क्रांति सहित अनेक क्रांतियों का सूत्रपात किया। सनातनी हिंदुओं की यह वास्तविकता अंग्रेजों से छुपी नहीं थी। अब जब उन्होंने देखा कि भारत का हिंदू समाज 'वन्देमातरम्' के प्रति पूर्णतया समर्पित हो चुका है तो उनको यह आभास हो गया था कि कभी भी एक ऐसा भयंकर विस्फोट हो सकता है जिसमें ब्रिटिश साम्राज्य के परखचे उड़ जाएंगे। यही कारण था कि उन्होंने 'वन्देमातरम्' के गाने पर प्रतिबंध लगाया।

वन्दे 'मातरम् संप्रदाय' की स्थापना होने से 'वन्देमातरम्' की लोकप्रियता तेजी से बढ़ रही थी। लोग बहुत शीघ्रता से इस नए संप्रदाय की सदस्यता ले रहे थे। तब अंग्रेजों ने भारत के लोगों की 'वन्देमातरम् ' के प्रति बढ़ती हुई ध्रुवीकरण की प्रक्रिया को रोकने के लिए वन्देमातरम् और भारतीय धर्म तथा परंपराओं को लेकर दुष्प्रचार करना आरंभ किया और कई प्रकार के भ्रम फैलाने लगे।

अंग्रेजों का दुष्प्रचार

भारत के लोगों के भीतर राष्ट्रवाद की सनातन परंपरा रही है। परंतु अंग्रेजों ने इस प्रकार का दुष्प्रचार करना आरंभ किया कि राष्ट्रवाद की विचारधारा और मातृभूमि के प्रति समर्पण का भाव हिंदू समाज के विचारों के विपरीत है। वास्तविकता यह है कि यदि मातृभूमि के प्रति प्रेम और राष्ट्रवाद के प्रति लगाव का यह क्रम आरंभ हुआ है तो भारत में यह पश्चिम से आया है।

जब हम आधुनिक भारत में राष्ट्रवाद अथवा राष्ट्र जागरण या पुनर्जागरण के बारे में विचार करते हैं तो हमें अक्सर यही पढ़ाया जाता है कि यूरोपियन देशों में जिस प्रकार उस समय राष्ट्रवाद की लहर चल रही थी, उसका प्रभाव भारत पर भी पड़ा और यहां के लोग राष्ट्र और मातृभूमि के प्रति समर्पित होते हुए देखे जाने लगे। जबकि सच्चाई यह है कि भारत प्राचीन काल से मातृभूमि और राष्ट्रवाद के प्रति समर्पित रहा है।

अंग्रेजों ने कहा कि बंकिम चंद्र चटर्जी ने राष्ट्रवाद की विचारधारा को यूरोपियन संस्कृति से ग्रहण किया है। इस प्रकार भारत के लोगों को अपनी मौलिक चेतना के प्रति समर्पित न होकर यूरोपियन संस्कृति के प्रति समर्पित होना चाहिए, जिसने उन्हें सोचने - समझने का अवसर उपलब्ध कराया है। इस प्रकार 'वन्देमातरम्' के विचार को भी अंग्रेजों ने भारत के लिए विदेशी और विशेष रूप से यूरोपियन विचार कहकर प्रचारित करने का प्रयास किया। उनका विचार था कि इस प्रकार की बातों को सुनकर भारत का शिक्षित वर्ग अंग्रेजों का साथ देगा और अपने लोगों के विरोध में आकर खड़ा हो जाएगा। जिससे भारत के लोगों के भीतर के आक्रोश को शांत करने में उन्हें सहायता मिलेगी।

ऐसा कहकर अंग्रेज ये भूल गए थे कि जिस काल में वे इस प्रकार का दुष्प्रचार कर रहे थे, वह काल स्वामी दयानंद के विचारों से प्रभावित काल था। माना जा सकता है कि सारा भारत आर्य समाजी नहीं बना था, परंतु इतना सत्य है कि लोगों ने अपना सत्य समझ लिया था अर्थात वे इतना तो समझ गए थे कि हम सभी आर्य हैं, आर्यों की संतानें हैं, हमारे देश का नाम आर्यावर्त है और आर्य भाषा हमारी भाषा रही है। इस प्रकार सारा भारत स्वामी दयानंद जी महाराज के स्वराज्य संबंधी चिंतन से प्रभावित हो चुका था। कांग्रेस के गरम दल के नेता और क्रांतिकारी आंदोलन के सभी क्रांतिकारी स्वामी दयानंद जी महाराज के राष्ट्रवाद की लहर को तेजी से फैला रहे थे। जिसे रोकना अब किसी के लिए संभव नहीं था। अतः अंग्रेज 'वन्देमातरम्' को लेकर चाहे जो कुछ कर रहे थे, या जो भी निर्णय ले रहे थे, वह सब उनके लिए उल्टा पड़ रहा था। 'वन्देमातरम्' अंग्रेजों के लिए एक भूचाल था, जिसे वह रोक नहीं पा रहे थे।

ईसाई मिशनरी भी आ गई मैदान में

यह स्वत: सिद्ध है कि अंग्रेज भारत में एक शासक के रूप में काम नहीं कर रहे थे, उनके चिंतन में डकैती का स्वभाव था। डकैती डालने के नाम पर ही वह भारत आए थे और डकैती मारते हुए ही वह भारत पर शासन कर रहे थे। उनका लोकतंत्र डकैतों का, डकैतों के लिए, डकैतों के द्वारा चलाया जाने वाला लोकतंत्र था। इससे पहले इसी प्रकार की नीतियों का अनुकरण मुगलों और तुर्कों के द्वारा किया गया था। जब हम भारत में तुर्कों, मुगलों या

अंग्रेजों के शासनकाल को पढ़ें तो उसके बारे में हमें यही धारणा बनानी चाहिए कि यह काल डकैतों का डकैतों के द्वारा डकैतों के लिए स्थापित किया गया लोकतंत्र का काल (जो कि कभी हो ही नहीं सकता) था।

ये लोग अपने शासन को चिरस्थाई बनाए रखने के लिए अनेक प्रकार के प्रयत्न कर रहे थे। कई प्रकार के कानून लेकर आए। जिससे भारत के लोगों पर अत्याचार करने का अवसर इनको मिले और भारत के लोगों को अपने शासन के अधीन रखने में ये सफल हो सकें। मूल रूप से डकैत होने के उपरांत भी अंग्रेज भारत के लोगों को ही डकैत घोषित करने का प्रयास करते थे। हमारे क्रांतिकारियों ने जब अपने ही खजाने को काकोरी कांड के माध्यम से अंग्रेजों से लूटा तो उन्हें उन लोगों ने लुटेरा अथवा डकैत घोषित किया। जबकि सच यह था कि लुटेरे अंग्रेज थे, जो हमारे खजाने को लूट लूटकर अपने देश ले जा रहे थे।

ईसाई मिशनरी हमारे देश में दूसरे प्रकार की डकैती डाल रही थीं। भारत के लोगों का तेजी से धर्मांतरण कर उनकी चेतना का विदेशीकरण करने पर लगी हुई थीं। उनकी डकैती राजनीतिक डकैती से भी भयंकर थी। जब उन्होंने देखा कि उनके राजनीतिक नेतृत्व के विरुद्ध 'वन्देमातरम्' भारत के लोगों के लिए अति सराहनीय कार्य कर रहा है तो उनकी भी रात की नींद और दिन का चैन गायब हो गया। इसलिए उन्होंने अपने राजनीतिक नेतृत्व के बचाव के लिए मैदान में उतरने का निर्णय लिया।

ईसाई मिशनरियों ने अपने भारतीय अनुयायियों के माध्यम से भारत के क्रांतिकारी आंदोलन को नष्ट करने का कार्य तो पहले से ही जारी रखा हुआ था, अब उन्होंने 'वन्देमातरम्' के विरुद्ध भी कमर कस ली। यही कारण था कि ईसाई मिशनरियों ने 'वन्देमातरम्' को राजनीतिक डकैतों का गीत कहना आरंभ किया। जब ईसाई मिशनरी 'वन्देमातरम्' को लेकर इस प्रकार का दुष्प्रचार कर रही थीं, तब वे यह भूल गई थीं कि ' राजनीतिक डकैती ' किसे कहते हैं? जिन अंग्रेजों को वे अपना राजनीतिक मार्गदर्शक मानती थीं, वास्तव में सबसे बड़े ' राजनीतिक डकैत ' तो वही थे।

ईसाई मिशनरियों ने 'वन्देमातरम्' के प्रति धुआंधार दुष्प्रचार करना आरंभ किया। यद्यपि उनके इस प्रकार के धुआंधार दुष्प्रचार का लोगों पर कोई प्रभाव नहीं पड़ा और वे अपने स्वाधीनता के लिए 'वन्देमातरम्' के ध्वज के नीचे और भी अधिक मजबूती के साथ काम करते रहे।

पुलिस के अत्याचार

१४ अप्रैल, १९०६ के दिन अंग्रेजों ने बरिशाल में कांग्रेस के जुलुस में ' वन्दे मातरम' का नारा लगाने पर प्रतिबन्ध लगा दिया। इतना ही नहीं , अंग्रेजों ने पुलिस को अधिकार

दे दिए कि इस कार्यक्रम में सम्मिलित होने वाले भारतीयों पर वह कठोरता का प्रदर्शन करे। फलस्वरुप पुलिस ने अपनी अत्याचार पूर्ण शैली का प्रदर्शन किया और जिन लोगों ने कांग्रेस के इस कार्यक्रम में सम्मिलित होने का प्रयास किया उनके विरुद्ध पुलिस ने निर्दयतापूर्वक लाठी चार्ज करने में किसी प्रकार का संकोच नहीं किया। इसके उपरांत भी लोगों का उत्साह देखते ही बनता था। उन पर पुलिस के किसी भी प्रकार के अत्याचार का कोई प्रभाव नहीं पड़ रहा था। 'वन्देमातरम्' ने उनके भीतर जिस प्रकार के उत्साह का संचार किया था, उससे उनकी ऊर्जा और भी कई गुणा बढ़ गई थी।

पुलिस समझ नहीं पा रही थी कि लोगों के भीतर इतनी ऊर्जा कहां से आ गई थी कि वे पुलिस के किसी भी अत्याचार की चिन्ता बिना 'वन्देमातरम्' बोलते हुए निरंतर आगे बढ़ रहे थे। लोगों ने 'वन्देमातरम्' बोलना छोड़ा नहीं बल्कि और भी अधिक उत्साह के साथ 'वन्देमातरम्' बोलते रहे और इस गीत को भी गाते रहे। ऐसा नहीं है कि कांग्रेस अधिवेशनों में ही इस गीत का उत्साहवर्धक आनंद लोग उठा रहे थे, उससे अलग भी विभिन्न जलसे - जुलूसों में लोग 'वन्देमातरम्' गीत गा रहे थे और जय घोष कर रहे थे।

लाला लाजपत राय का जर्नल 'वन्देमातरम्'

लाला लाजपत राय जी 'वन्देमातरम्' से बहुत अधिक प्रभावित हुए थे। उन्होंने तो अपने एक समाचार पत्र का नाम ही 'वन्देमातरम्' रख दिया था। लालाजी उस समय देश के लोगों के लिए बहुत अधिक सम्मानित नेता के रूप में स्थापित हो चुके थे। उनकी बातों को लोग बड़े ध्यान से सुनते थे और बड़े ध्यान से ही पढ़ते भी थे। ऐसे में उनके द्वारा अपने किसी समाचार पत्र का नाम 'वन्देमातरम्' रखना बहुत महत्वपूर्ण था। 'वन्देमातरम्' के माध्यम से उन्होंने लोगों को एक संदेश दिया कि यदि मेरी ओर से आपके पास कोई जर्नल आ रहा है तो समझिए आपके पास इस जर्नल के रूप में "वन्देमातरम्" आ रहा है। 'वन्देमातरम्' एक जर्नल नहीं है, इसके विपरीत वह स्वाधीनता का एक संदेश है। क्रांति का एक संदेश है। हम सब की एकता और राष्ट्रीय सोच का संदेश है। लोगों ने लाला जी के "वन्देमातरम्" के अभिप्राय को गहराई से समझा। इसका दूसरा संदेश यह था कि जब अंग्रेज 'वन्देमातरम्' के जय घोष पर रोक लगा रहे थे या लोगों को 'वन्देमातरम्' गीत को गाने से रोक रहे थे, तब लाला जी ने अंग्रेजों को यह संदेश दिया कि वह 'वन्देमातरम्' को नहीं रोक सकते। साथ ही हम सब भारतीयों के भीतर अपने उन पूर्वजों का रक्त प्रवाहित हो रहा है जो अब से पूर्व के अनेक अत्याचारी मुस्लिम सुल्तानों, बादशाहों के समक्ष नहीं झुके थे तो आपके सामने भी हम अपने 'वन्देमातरम्' को निरंतर गाते रहेंगे और न केवल गाते रहेंगे अपितु 'वन्देमातरम्' को छापते भी रहेंगे।

लालाजी द्वारा प्रकाशित किए गए इस जर्नल से बड़े उत्तेजक लेख निरंतर प्रकाशित होते रहे। लोगों तक ऐसी क्रांतिकारी सामग्री पहुंचती रही जो उनके भीतर देशभक्ति के भावों का संचार करती थी। इस प्रकार लाला जी के जर्नल ने यथानाम तथागुण को सार्थक किया। इस प्रकार लालाजी का वन्देमातरम् ' क्रांति दूत ' बनकर लोगों के पास जाता रहा और उन्हें अपने देश धर्म के लिए मर मिटने की शिक्षा देता रहा। जितना ही 'वन्देमातरम्' अपने संदेश को देने में सफल होता जा रहा था, उतना ही यह अंग्रेजों के लिए कष्टकारक बनता जा रहा था। उन्हें न तो 'वन्देमातरम्' जर्नल अच्छा लगता था और न ही 'वन्देमातरम्' गीत अच्छा लगता था।

अध्याय-9

देशभक्ति का प्रतीक बन गया था "वन्देमातरम्"

मातंगिनी हाजरा हमारे स्वाधीनता आंदोलन की क्रांतिकारी विचारधारा की एक ऐसी वीरांगना का नाम है जिन्होंने अंग्रेजों को हिला कर रख दिया था। उनका जन्म पश्चिम बंगाल के मिदनापुर जिले के होगला नामक ग्राम में हुआ था। उनका प्रारंभिक और वैवाहिक जीवन कई प्रकार की विषमताओं से घिरा हुआ था। इसके उपरांत भी वह समाज में अपना सम्मान पूर्ण स्थान बनाने में सफल हुई थीं। उनके भीतर राष्ट्रवाद कूट-कूटकर भरा हुआ था। देश सेवा का उनका आदर्श भाव देखते ही बनता था।

बात सन १९३१-३२ की है। जब देश में सविनय अवज्ञा आंदोलन चल रहा था। गांधी जी के द्वारा चलाये गये इस आंदोलन में लोग जुलूस निकालते थे। जिसमें 'वन्देमातरम्' का जय घोष किया जाता था। 'वन्देमातरम्' के इस जय घोष ने मातंगिनी हाजरा को बहुत अधिक प्रभावित किया।

इस जयघोष को सुनकर मातंगिनी हाजरा इतनी अधिक भाव विभोर हुईं कि उन्होंने शंखध्वनि से जुलूस का स्वागत किया। यहीं से उनके जीवन में एक ऐसा परिवर्तन आया जिसने उनके जीवन की दिशा बदल दी। वे 'वन्देमातरम्' का जय घोष करते आ रहे जुलूस के साथ चल पड़ीं। उन्हें कहां जाना था? - उस दिन तो वह स्वयं भी इस प्रश्न का उत्तर नहीं जानती थीं।

मातंगिनी हाजरा ने लिया निर्णय

जुलूस में सम्मिलित लोगों का उत्साह देखते ही बनता था। उनकी देशभक्ति उनके सिर चढ़कर बोल रही थी। कुछ दूर चलकर यह जुलूस तामलुक के कृष्णगंज बाजार में जाकर रुका। जहां एक सभा में परिवर्तित हो गया। इस सभा में कई क्रांतिकारी भाषण हुए।

जिन्होंने मातंगिनी हाजरा को और भी अधिक प्रभावित किया। तब उन्होंने अपने देश के इस क्रांतिकारी आंदोलन में कूदकर सहभागी होने का निर्णय लिया। मातंगिनी हाजरा के जीवन में यदि 'वन्देमातरम्' से इतना भारी परिवर्तन आ सकता था तो आप अनुमान लगा सकते हैं कि इसने उन जैसी अन्य कितनी वीरांगनाओं को देश के लिए अपना सर्वस्व समर्पित करने की प्रेरणा दी होगी? इसी प्रकार कितने देशभक्त वीर योद्धाओं को देश के लिए मर मिटने की प्रेरणा इस गीत ने दी होगी? - यह भी विचार करने की आवश्यकता है।

कहा जाता है कि मातंगिनी हाजरा को अपने व्यक्तिगत जीवन में अफीम का चस्का लग गया था। परंतु जब वह 'वन्देमातरम्' की शरण में आईं तो अब उन पर दूसरा ही नशा सवार हो गया था। ...और वह नशा था- देश की स्वाधीनता का नशा। अब उन्हें सोते-जागते, उठते-बैठते देश की स्वाधीनता के ही सपने आते थे। ऐसा चमत्कारिक प्रभाव उन पर 'वन्देमातरम्' का हुआ था। जब जनवरी १९३३ में करबंदी आंदोलन का दमन करने के लिए बंगाल के तत्कालीन गवर्नर एंडरसन तामलुक आए तो कई लोगों ने ' वन्देमातरम्' के दीवाने हुए उस अंग्रेज अधिकारी का विरोध करने का निर्णय लिया। फलस्वरुप तामलुक में उनके पहुंचते ही विरोध प्रदर्शन होने आरंभ हो गए। उन प्रदर्शनकारियों का नेतृत्व करने वाली मातंगिनी हाजरा सबसे आगे झंडा लेकर चल रही थीं। वह 'वन्देमातरम्' बोलती जा रही थीं और उतने ही उत्साह के साथ उनके अन्य साथी 'वन्देमातरम्' का जयघोष करते जा रहे थे। 'वन्देमातरम्' का जय घोष करती जा रही मातंगिनी हाजरा को अंग्रेजों ने गिरफ्तार कर लिया। ६ महीने का कठोर कारावास देने का निर्णय हुआ। फलस्वरूप उन्हें मुर्शिदाबाद जेल भेज दिया गया।

भारत छोड़ो आंदोलन और मातंगिनी हाजरा

सन १९४२ के ' भारत छोड़ो आंदोलन' के समय भी मातंगिनी हाजरा ने अपनी वीरता और देशभक्ति का परिचय दिया। उन्होंने अपने प्राणों की चिंता किए बिना अंग्रेजों के विरोध में उतरकर नारी शक्ति को उनके विरुद्ध खड़ा होने की प्रेरणा देना आरंभ किया। १९४२ के 'भारत छोड़ो आंदोलन' को इतिहास में 'अगस्त क्रांति ' के नाम से भी जाना जाता है। इसमें हमारे अनेक क्रांतिकारियों को अपने प्राणों से हाथ धोना पड़ा था। ८ सितंबर को अंग्रेजों की गोली से तीन प्रदर्शनकारी स्वाधीनता सेनानी मारे गए। इससे आंदोलन और भी अधिक तीव्र हो गया। यद्यपि अंग्रेज गोली चलाकर ऐसा प्रभाव डालने का प्रयास करते थे कि उनकी गोली का सामना करने के लिए कोई भारतीय सामने नहीं आएगा। परंतु वह जितना ही अधिक गोली या गोला बारूद का सहारा लेते थे, भारत के लोग उतने ही अधिक अनुपात में सड़कों पर उतर आते थे।

८ सितंबर की इस घटना से लोग इतने अधिक उत्तेजित हुए कि उन्होंने २९ सितंबर को और भी बड़ा आंदोलन करने और बड़ी रैली निकालने का निर्णय लिया। 'वन्देमातरम्' से लोगों को प्रेरणा मिलती थी और जितने उत्साह के साथ वह इसे बोलते थे, उतना ही अधिक उनके भीतर ऊर्जा का संचार हो जाता था। मातंगिनी हाजरा पूर्ण समर्पण के साथ सड़कों पर उतर आई थीं। अपने तीन स्वाधीनता सेनानियों की निर्मम हत्या ने उन्हें भीतर तक झकझोर दिया था। अब उन्होंने भारत के गांव देहात तक पहुंचकर लोगों को देश सेवा के लिए जगाने का संकल्प ले लिया था।

हाजरा मातंगिनी ने गांव-गांव अनेक सभाओं का आयोजन किया और ५००० लोगों को ब्रिटिश हुकूमत के विरुद्ध आवाज लगाने के लिए तैयार किया। 'वन्देमातरम्' का जय घोष करते हुए वे इस विशाल जन समूह के साथ सरकारी डाक बंगले पर पहुंच गईं। वहां पर पुलिस बल भारी संख्या में तैनात कर दिया गया था। इसलिए यह निश्चित था कि पुलिस से इन सभी स्वाधीनता सेनानियों की तकरार हो। मातंगिनी स्वयं इस जुलूस का नेतृत्व कर रही थीं। पुलिस बल से वह तनिक भी विचलित नहीं हुईं और सरकारी डाक बंगले के पास जाकर वह एक चबूतरे पर खड़ी होकर ज़ोर से 'वन्देमातरम्' बोलते हुए लोगों के भीतर उत्साह भरने का कार्य निरंतर करती रहीं। तब पुलिस ने उन पर गोली चला दी। पुलिस की गोली उनके बाएं हाथ में लगी। जबकि दूसरी गोली उनके दाहिने हाथ में लगी और तीसरी उनके माथे पर लगी। अंतिम क्षणों में भी 'वन्देमातरम्' बोलते हुए उन्होंने अपना बलिदान दिया।

मैडम भीखाजी कामा और "वन्देमातरम्"

मैडम भीकाजी कामा भारतीय स्वाधीनता आंदोलन का एक प्रमुख चेहरा थीं। उन्होंने १९०७ में जर्मनी के स्टुटगार्ट में 'वन्देमातरम्' लिखा हुआ पहले तिरंगा बनाया। यह वही वर्ष था, जब क्रांतिवीर सावरकर जी ने सन १८५७ की क्रांति को भारत का प्रथम स्वाधीनता संग्राम घोषित करते हुए विदेश में रहते हुए पुस्तक लिखी और उनके द्वारा १८५७ की क्रांति के अर्धशताब्दी समारोह का आयोजन विदेश की भूमि पर किया गया था। हम सभी जानते हैं उससे कुछ समय पहले ही बंग- भंग की घटना हुई थी। जिसको लेकर सारा देश उबल रहा था। इन सब घटनाओं में 'वन्देमातरम्' हमारा नेतृत्व कर रहा था। लोग एकत्र होते तो 'वन्देमातरम्' गाया जाता और जुलूस निकालते तो 'वन्देमातरम्' का जय घोष करते चलते थे।

कुल मिलाकर उस समय भारतीय स्वाधीनता आंदोलन की श्वासों में 'वन्देमातरम्' रम गया था। यही कारण था कि मैडम भीकाजी कामा ने जब १९०७ में भारत का पहला

तिरंगा बनाया तो उसमें उन्होंने 'वन्देमातरम्' लिखा था। इस झंडा में उन्होंने लाल, पीला और हरा रंग भरा था। इसीलिए इसको तिरंगा नाम दिया गया था। मैडम भीकाजी कामा ने अपने इस तिरंगा में ८ कमल के फूल सूर्य, चंद्रमा और बीच में 'वन्देमातरम्' देवनागरी लिपि में लिखकर भारत के स्वाधीनता आंदोलन को नई दिशा और नई गति प्रदान की थी। देश के क्रांतिकारियों ने मैडम भीकाजी कामा के इस झंडे का हार्दिक स्वागत किया था। मैडम कामा ने अपने इस तिरंगा को जर्मनी के स्टुटगार्ट में आयोजित किए गए अंतरराष्ट्रीय समाजवादी सम्मेलन में प्रथम बार फहराया था। इस प्रकार १९०७ में ही 'वन्देमातरम्' के इस तिरंगा ने संसार भर के समाजवादियों और बुद्धिजीवियों को यह संदेश दे दिया था कि भारत अपने आप में एक स्वाधीन राष्ट्र है। जिसका अपना झंडा है। अंग्रेजों के शासनकाल में इस प्रकार की घटना को अंजाम देना बहुत बड़ी बात थी। मैडम भीकाजी कामा ने इस झंडे को बनाकर और फिर उसके पश्चात इसे फहराकर वीरता और शौर्य का परिचय दिया था। उनकी देशभक्ति आज भी हम सबके लिए वंदनीय है।

आर्य प्रिंटिंग प्रेस लाहौर और 'वन्देमातरम्'

आर्य समाज ने भारत के राष्ट्रवादी क्रांतिकारी आंदोलन में बढ़-चढ़कर भाग लिया था। स्वामी दयानंद जी पहले ऐसे महान व्यक्तित्व थे, जिन्होंने स्वराज्य का चिंतन राष्ट्रवादी क्रांतिकारियों को दिया था। क्रांतिकारियों ने स्वामी जी के उस चिंतन को लेकर उसका व्यापक विस्तार किया। वास्तव में उन दिनों स्वामी जी के क्रांतिबीज रूपी विचारों का विस्तार करना एक ऐसे राष्ट्रीय - यज्ञ का प्रतीक बन गया था, जिसमें 'वन्देमातरम्' की आहुति यज्ञ की सुगंध को हजारों गुणा बढ़ाने का काम कर रही थी। लाहौर की ' आर्य प्रिंटिंग प्रेस' 'वन्देमातरम्' के लिए काम कर रही थी। राष्ट्र के जागरण के लिए काम कर रही थी। राष्ट्र के क्रांतिकारी आंदोलन में गुणात्मक वृद्धि करने के लिए दिन-रात काम कर रही थी। 'आर्य प्रिंटिंग प्रेस' लाहौर और देहरादून की भारतीय प्रेस ने १९२९ ईस्वी में पंडित राम प्रसाद बिस्मिल की पुस्तक "क्रांति गीतांजलि" को छापने का साहसिक कार्य कर दिखाया था। उन दिनों क्रांतिकारियों के लिए इस प्रकार की विशेष सामग्री को छापना साहसिक कार्य ही माना जाता था। क्योंकि ब्रिटिश सरकार ऐसी सामग्री छापने वाले लोगों के विरुद्ध कठोरतम कार्यवाही करती थी।

रामप्रसाद बिस्मिल ने अपनी इस पुस्तक में प्रारंभ में ही 'वन्देमातरम्' के चांद का निशान दिया था। जिससे स्पष्ट है कि 'वन्देमातरम्' हमारे महान क्रांतिकारी राम प्रसाद बिस्मिल जी को किस सीमा तक प्रभावित कर गया था? राम प्रसाद बिस्मिल और उनके

क्रांतिकारी साथी उस समय देश के युवाओं के लिए आदर्श बन चुके थे। ब्रिटिश सरकार भली प्रकार जानती थी यदि बिस्मिल जी की यह पुस्तक देश के युवाओं के पास पहुंच गई तो इसका परिणाम क्या होगा? यही कारण था कि ब्रिटिश सरकार ने इस पुस्तक को प्रतिबंधित कर दिया।

ध्यान रहे कि लाहौर की ' आर्य प्रिंटिंग प्रेस' ने क्रांतिकारी साहित्य के प्रकाशन करने में अपनी सारी ऊर्जा लगा दी थी। इस प्रेस के संस्थापक आर्य जगत के सुख्यात प्रकाशक महाशय राजपाल थे। महाशय राजपाल जी ने ब्रिटिश सरकार के विरुद्ध मानो मोर्चा ही खोल लिया था। वह स्वामी दयानंद जी महाराज के प्रिय शिष्य थे। यही कारण था कि उन्होंने ' रंगीला रसूल ' जैसी पुस्तक लिखकर इस्लाम की पोल खोलने का भी काम किया था। जिसके कारण उन्हें अपना बलिदान भी देना पड़ा था।

महाशय राजपाल जी जैसे निर्भीक, निडर, देशभक्त आर्य समाजी लोगों के कारण ब्रिटिश सरकार थर - थर काँपती थी। वह अच्छी प्रकार जानती थी कि जिस कार्य को कोई नहीं कर पाएगा, उसे कोई भी आर्य समाजी कर सकता है। रामप्रसाद बिस्मिल जी भी आर्य समाज के साथ गहराई से जुड़े हुए थे। इसी प्रकार उनके कई अन्य क्रांतिकारी साथी भी आर्य समाज की विचारधारा से ओतप्रोत थे। यही कारण था कि उन्होंने निर्भीकता के साथ अपनी उपरोक्त पुस्तक लिखी और उस पुस्तक का निर्भीकता के साथ ही महाशय राजपाल जी की 'आर्य प्रिंटिंग प्रेस' लाहौर ने प्रकाशन किया।

राम प्रसाद बिस्मिल जी की देशभक्ति असंदिग्ध थी। बिस्मिल जी की दृष्टि में 'वन्देमातरम्' हमारी राष्ट्रवादी भावना का प्रतीक था। जिसका उद्घोष मां भारती के प्रति असीम प्रेम और श्रद्धा को प्रकट करता था। उनकी मान्यता थी कि राष्ट्र की स्वतंत्रता के लिए 'वन्देमातरम्' हम सबके लिए प्रेरणा का स्रोत हो सकता है। जिसका उद्घोष हम सबके भीतर अपनी मातृभूमि के प्रति असीम अनुराग उत्पन्न करता है।

वह आजीवन मातृभूमि और 'वन्देमातरम्' के प्रति समर्पित रहे। जब उन्हें अंग्रेजों ने फांसी की सजा दी तो उस समय भी उन्होंने 'वन्देमातरम्' का उद्घोष करते हुए फांसी के फंदे को सहर्ष चूम लिया था। उनका अनुकरण करते हुए उनके अन्य क्रांतिकारी साथियों ने भी फांसी के फंदे को चूमने में तनिक की संकोच नहीं किया था।

रामप्रसाद बिस्मिल जी की एक कविता हमको स्पष्ट करती है कि उन्हें अपनी मातृभूमि से कितना प्रेम था और फांसी से उन्हें तनिक भी डर नहीं लग रहा था :-

बला से हमको लटकाए अगर सरकार फांसी से,
लटकते आए अक्सर पैकरे-ईसार फांसी से।

लबे-दम भी न खोली ज़ालिमों ने हथकड़ी मेरी,
तमन्ना थी कि करता मैं लिपटकर प्यार फांसी से।

खुली है मुझको लेने के लिए आग़ोशे आज़ादी,
ख़ुशी है, हो गया महबूब का दीदार फांसी से।

कभी ओ बेख़बर तहरीक़े-आज़ादी भी रुकती है?
बढ़ा करती है उसकी तेज़ी-ए-रफ़्तार फांसी से।

यहां तक सरफ़रोशाने-वतन बढ़ जाएंगे क़ातिल,
कि लटकाने पड़ेंगे नित मुझे दो-चार फांसी

यह 'वन्देमातरम्' ही था जिसने अशफाक उल्ला खान जैसे महान क्रांतिकारी वीर बलिदानी को इन पंक्तियों को लिखने के लिए प्रेरित किया था :-

कस ली है कमर अब तो, कुछ करके दिखाएंगे,
आज़ाद ही हो लेंगे, या सर ही कटा देंगे।

हटने के नहीं पीछे, डरकर कभी ज़ुल्मों से,
तुम हाथ उठाओगे, हम पैर बढ़ा देंगे।

बेशस्त्र नहीं हैं हम, बल है हमें चरख़े का,
चरख़े से ज़मीं को हम, ता चर्ख़ गुंजा देंगे।

परवा नहीं कुछ दम की, ग़म की नहीं, मातम की,
है जान हथेली पर, एक दम में गंवा देंगे।

उफ़ तक भी ज़ुबां से हम हरगिज़ न निकालेंगे,
तलवार उठाओ तुम, हम सर को झुका देंगे।

सीखा है नया हमने लड़ने का यह तरीका,
चलवाओ गन मशीनें, हम सीना अड़ा देंगे।

दिलवाओ हमें फांसी, ऐलान से कहते हैं,
ख़ूं से ही हम शहीदों के, फ़ौज बना देंगे।

मुसाफ़िर जो अंडमान के, तूने बनाए, ज़ालिम,
आज़ाद ही होने पर, हम उनको बुला लेंगे।

आज जो लोग 'वन्देमातरम्' को लेकर बवाल काटते हैं, उन्हें अपने इन महान क्रांतिकारियों के अपनी मातृभूमि, राष्ट्र और 'वन्देमातरम्' के प्रति इस प्रकार के पवित्र भावों पर विचार करना।

अध्याय-10

वन्देमातरम् का कवियों - साहित्यकारों पर प्रभाव

हम पूर्व में ही उल्लेख कर चुके हैं कि 'वन्देमातरम्' का नारा सर्वप्रथम ७ अगस्त, १९०५ को कोलकाता के टाउन हॉल में विद्यार्थियों के द्वारा उस समय प्रयोग किया गया था, जब एक विशाल जनसमूह के रूप में एकत्र होकर उन्होंने बंग- भंग के विरोध में मार्च किया था। इस प्रकार उन विद्यार्थियों ने स्वदेशी आंदोलन का शुभारंभ किया। परिणामस्वरूप 'वन्देमातरम्' स्वदेशी आंदोलन का भावनात्मक स्वरूप लेकर प्रकट हुआ। लोगों में स्वदेशी वस्तुओं के प्रति एक असीम श्रद्धा का भाव देखा जा रहा था। विदेशी उत्पादों के प्रति लोगों के भीतर घृणा के भाव उत्पन्न हो गए थे। सारा राष्ट्र स्वदेश, स्वसंस्कृति, स्वधर्म, स्वराष्ट्र, स्वभाषा, स्वराज्य के भावों से भर गया था। इस प्रकार 'वन्देमातरम्' का पवित्र नारा ' स्वबोध' जगाने वाला था। राज धर्म सबसे बड़ा होता है, क्योंकि राजनीति के माध्यम से ही अन्य सभी धर्म साधे जाते हैं। किसी भी देश में राजनीति जब सही दिशा पकड़ जाती है अर्थात जब वह ' स्व ' के प्रति समर्पित हो जाती है और इस दिशा में सारे देशवासियों को लेकर चल पड़ती है तो सारे राष्ट्र में एक सकारात्मक ऊर्जा का संचार होता है। देश संक्रमण काल से निकलने के लिए तड़प उठता है। जैसे अंडा में पड़ा हुआ चूजा सही समय आने पर बाहर निकलने के लिए संघर्ष करने लगता है, वैसे ही इस सकारात्मक ऊर्जा का अनुभव करके राष्ट्र और समाज भी एक नई व्यवस्था में जाने के लिए और छलांग लगाने के लिए अपने आप को तैयार करने लगते हैं। धीरे-धीरे वे पुरानी व्यवस्था को छोड़कर अगली व्यवस्था में जाने के लिए व्याकुल होने लगते हैं। व्याकुलता की इसी चरम सीमा के कारण और सकारात्मक ऊर्जा के इसी संचार से प्रचलित दुर्गन्धित व्यवस्था का विनाश होता है और नई व्यवस्था के लिए मार्ग प्रशस्त होता है। इसी को ' क्रांति' कहते हैं। भारतवर्ष में इस क्रांति को जगाने में 'वन्देमातरम्' की भूमिका को नकारा नहीं जा सकता। बंगाल के

विद्यार्थियों ने एकत्र होकर पूरे देश के लिए सकारात्मक ऊर्जा का संदेश दिया था। सारे देश ने उस ऊर्जा को अनुभव किया और सारे देश का क्रांतिकारी युवा बंगाल की ओर नई और आशा भरी दृष्टि से देखने लगा।

पूरे देश का युवा उस समय प्रचलित व्यवस्था को धू-धू करके जलते हुए देखना चाहता था, उसके लिए उसे तेजस्वी नेतृत्व और तेजस्वी नारे की आवश्यकता थी।

नेतृत्व के बारे में हमारे देश का इतिहास हमें बताता है कि मां भारती की गोद और कोख कभी खाली नहीं हुई। यदि किसी कारणवश कभी गोद भी खाली हुई तो कोख कदापि खाली नहीं हुई। विद्यार्थियों के इस आंदोलन ने नई आशाओं को जन्म दिया। नए नेतृत्व को जन्म दिया। नई सोच को जन्म दिया और लोगों के भीतर आशा और उत्साह का संचार किया। इस आंदोलन में 'वन्देमातरम्' ने हम सब की सामूहिक राष्ट्रीय भावनाओं का नेतृत्व किया। भाषा, प्रांत और संप्रदाय की सारी सीमाओं से ऊपर उठकर हमने उस समय ' राष्ट्रप्रथम' के आधार पर काम करने का संकल्प लिया। इसी संकल्प ने अंग्रेजों को व्याकुल कर दिया था।

रविंद्र नाथ टैगोर और वन्देमातरम्

गुरुदेव रविंद्र नाथ टैगोर का हमारे स्वाधीनता आंदोलन के इतिहास में सम्मान पूर्ण स्थान है। उन्होंने 'वन्देमातरम्' को संगीतबद्ध किया था। उन्होंने साहित्य के क्षेत्र में भी अपना महत्वपूर्ण योगदान दिया था। गुरुदेव रवींद्रनाथ टैगोर ने बंकिम चंद्र चटर्जी के 'वन्देमातरम्' को कांग्रेस के मंच से गाकर लोगों तक पहुंचाने का सराहनीय काम किया। इस गीत के भीतर जिस प्रकार भारतीय जनमानस की भावनाओं को पिरोने का काम किया गया था, उसके चलते लोगों ने भारत माता की कल्पना को साकार रूप देना आरंभ किया। उसे गहराई से समझने का प्रयास किया। इसके पश्चात साहित्यकारों ने भारत माता की वंदना में अनेक गीतों की रचना करनी आरंभ की। भारत माता के प्रति समर्पित इस प्रकार की कविताओं अथवा लेखों ने लोगों को हृदय से प्रभावित किया। इन गीतों ने हमारे लोगों की राष्ट्रीय भावनाओं को उजागर किया और उन्हें एक-दूसरे के निकट लाने में भी महत्वपूर्ण योगदान दिया।

गांधी जी और वन्देमातरम्

गांधी जी भारतीय इतिहास में मुस्लिम तुष्टीकरण के लिए जाने जाते हैं। उन्होंने किसी भी स्थिति में कभी मुसलमानों को गलत नहीं माना। चाहे किसी भी मुसलमान ने कितना ही बड़ा अपराध या राष्ट्रद्रोह का कार्य क्यों न किया हो, गांधी जी उसका भी तुष्टीकरण

करते हुए ही दिखाई दिए। उनका यह पक्षपाती दृष्टिकोण देश के लिए खतरनाक सिद्ध हुआ। अपनी इसी प्रकार की मुस्लिम तुष्टिकरण की नीति के कारण गांधी जी ने 'वन्देमातरम्' का कभी खुलकर समर्थन नहीं किया। विशेष रूप से तब जब उन्हें यह पता चला कि मुसलमान 'वन्देमातरम्' को अपनी धार्मिक भावनाओं को चोट पहुंचाने वाला मानते हैं। गांधी जी मोपला कांड के समय भी मुसलमानों के साथ खड़े हुए दिखाई दिए। इसके पश्चात जब १६ अगस्त १९४६ को मुस्लिम लीग ने पश्चिम बंगाल में 'सीधी कार्यवाही दिवस' के समय अनेक हिंदुओं की हत्या कर डाली तो उस समय भी गांधी जी मुस्लिम तुष्टिकरण के व्यामोह से बाहर नहीं निकले। अगले ही वर्ष जब देश का सांप्रदायिक आधार पर विभाजन हुआ तो उस समय भी गांधी जी मुस्लिम तुष्टीकरण के खेल को खेलते रहे थे।

गांधी जी और 'अल्लाह हू अकबर'

जैसे ही गांधी जी को इस बात का पता चला कि मुसलमान 'वन्देमातरम्' को अपनी धार्मिक भावनाओं को चोट पहुंचाने वाला मानते हैं तो उन्होंने मुसलमानों का पक्ष पोषण करना आरंभ कर दिया। इसी पक्ष पोषण को इतिहास में 'गांधी जी का मुसलमानों का तुष्टिकरण' के नाम से जाना जाता है। गांधी जी ने 'वन्देमातरम्' के संदर्भ में भी मुसलमानों का तुष्टिकरण करने का प्रयास किया। मुस्लिम तुष्टिकरण की अपनी इसी नीति के अंतर्गत उन्होंने 'वन्देमातरम्' की तुलना मुसलमानों के 'अल्लाह हू अकबर' से कर डाली थी। जब उन्होंने कहा था कि 'वन्देमातरम्' और 'अल्लाह हू अकबर' एक जैसे ही हैं।

गांधी जी के इस प्रकार के दृष्टिकोण से मुसलमानों के और भी अधिक भाव बढ़ गए थे। यद्यपि यह भी एक सत्य है कि मुसलमानों का ' अल्लाह हू अकबर' और 'वन्देमातरम्' दोनों में आकाश पाताल का अंतर है। जहां 'वन्देमातरम्' भारत के लोगों के भीतर एकता का भाव उत्पन्न करके राष्ट्रवाद को सर्वोपरि रखता है , वहीं ' अल्लाह हू अकबर' उनका एक ऐसा नारा है जो मुसलमानों के द्वारा गैर मुसलमानों के विरुद्ध लगाया जाता है। यह मुसलमानों को गैर मुसलमानों के विरुद्ध ' जिहाद' की शिक्षा देता है, ' काफिर' और ' कुफ्र' की नीति को लागू करने के लिए एक समुदाय को दूसरे समुदाय के विरुद्ध उकसाता है। जिसमें काफिर के विरुद्ध किया गया प्रत्येक प्रकार का जालिमाना अथवा अत्याचार पूर्ण कृत्य भी पुण्य का कार्य माना जाता है।

अहिंसा के परम उपासक गांधी जी यह नहीं समझ पाए कि 'अल्लाह हू अकबर' उनके अहिंसा वाद के सिद्धांत के विरुद्ध है। जबकि 'वन्देमातरम्' भारत की परंपरागत अहिंसावादी नीति को स्थापित कर लोक कल्याणकारी राज्य की स्थापना करने के लिए कार्य करता है। मुस्लिम संप्रदाय के ' अल्लाह हू अकबर' में एक वर्ग अर्थात गैर मुसलमानों

के अधिकारों का शोषण करने पर बल दिया जाता है, जबकि 'वन्देमातरम्' में " सभी का साथ और सभी का विकास " की नीति पर काम किया जाता है।

'आज तक ' की एक खास रिपोर्ट के अनुसार १९२० में असहयोग-खिलाफत आंदोलन आरम्भ होने के कुछ सप्ताह के उपरांत महात्मा गांधी मद्रास (अब चेन्नई) का दौरा कर रहे थे। तब उनके स्वागत में लगाए गए नारों ने उन्हें बेचैन कर दिया। भारतीय स्वतंत्रता संग्राम का नेतृत्व करने वाले गांधीजी को इस नारे से अलगाव की अनुभूति हुई थी। यह नारा था - वन्देमातरम्।"

कितने दुर्भाग्य की बात है कि गांधी जी को 'वन्देमातरम्' से भी अलगाव की अनुभूति हो रही थी।

सुब्रमण्यम भारती और 'वन्देमातरम्'

सुब्रमण्यम भारती का भारत के सांस्कृतिक इतिहास में महत्वपूर्ण योगदान रहा है। वह एक महान तमिल कवि और स्वतंत्रता सेनानी के रूप में जाने जाते हैं। उनकी सनातन के प्रति गहन निष्ठा थी। भारत की सांस्कृतिक राष्ट्रवाद की अवधारणा में भी उनकी गहरी श्रद्धा थी। उनके साहित्य लेखन पर 'वन्देमातरम्' की झलक स्पष्ट देखी जा सकती है।

उन्होंने बंकिम चंद्र चटर्जी के इस राष्ट्रीय गीत को दक्षिण भारत में लोगों के बीच लोकप्रिय बनाने में अपना महत्वपूर्ण योगदान दिया। सुब्रमण्यम भारती इस गीत से इतने प्रभावित हो गए थे कि उन्होंने इस गीत का तमिल भाषा में अनुवाद भी किया। जैसे ही लोगों को इस गीत का तमिल भाषा में अनुवाद प्राप्त हुआ, वह इस गीत के दीवाने हो गए। उन दिनों भारतवर्ष में भाषा को लेकर किसी प्रकार का विवाद नहीं था। सभी सनातनियों में संस्कृत से निकली अपनी सारी भारतीय भाषाओं के प्रति प्रेम का भाव देखा जाता था। सारी भाषाओं को एक ही परिवार की सदस्य माना जाता था। इसलिए किसी भी प्रकार का द्वेषभाव भाषाओं को लेकर लोगों के भीतर नहीं था। कवि होने के उपरांत भी सुब्रमण्यम भारती ने 'वन्देमातरम्' को अपने राष्ट्रवादी लेखन का एक अभिन्न अंग बनाया। उन्होंने लोगों से एकता बनाए रखने और स्वतंत्रता प्राप्त करने का आह्वान किया। लोगों पर अपने इस महान कवि की बातों का विशेष प्रभाव पड़ा। जिससे तमिलनाडु में भी 'वन्देमातरम्' लोकप्रिय हो गया। इस प्रकार वन्देमातरम् प्रत्येक प्रकार की सीमाओं को लांघकर अपना विस्तार करता जा रहा था।

अरबिंदो और वन्देमातरम्

अरविंदो भारतीय राष्ट्रवाद के प्रतिनिधि साहित्यकार थे। उन पर भी वन्देमातरम् का गहरा प्रभाव पड़ा था। उन्होंने भारतीय राष्ट्रवाद का प्रतीक बन गए वन्देमातरम् का अंग्रेजी

में अनुवाद किया था। इसके अतिरिक्त १९०६ - ८ के दौरान उन्होंने 'वन्देमातरम्' नाम के एक राष्ट्रवादी समाचार पत्र के संपादक के रूप में भी कार्य किया था। इस समाचार पत्र के माध्यम से उन्होंने राष्ट्रवादी क्रांतिकारी विचारों को युवा पीढ़ी तक पहुंचाने का काम किया। इस समाचार पत्र के माध्यम से राष्ट्रवाद का प्रचार प्रसार करने में भी उन्हें आशातीत सफलता प्राप्त हुई।'वन्देमातरम्' ने उनकी लेखनी को नई ऊंचाई प्रदान की। उनके भीतर क्रांति के भाव फूटे और उन विचारों से राष्ट्र का युवा वर्ग प्रभावित हुआ। 'वन्देमातरम्' समाचार पत्र के माध्यम से क्रांतिकारी ओजस्वी लेखों को युवा वर्ग ने हाथों हाथ लिया। उन्होंने संपादक के रूप में इस समाचार पत्र के माध्यम से राष्ट्रवादी विचारों को बहुत सुंदरता के साथ प्रस्तुत करने का कार्य किया। जिसका परिणाम यह हुआ कि उन्हें ' राष्ट्रवाद के नेता' के रूप में लोग सम्मान देने लगे।

श्री अरबिन्द घोष द्वारा किए गए अंग्रेज़ी अनुवाद का हिन्दी अनुवाद इस प्रकार है-

"मैं आपके सामने नतमस्तक होता हूँ।
ओ माता, पानी से सींची, फलों से भरी,
दक्षिण की वायु के साथ शान्त,
कटाई की फ़सलों के साथ गहरा,

माता! उसकी रातें चाँदनी की गरिमा में प्रफुल्लित हो रही हैं, उसकी ज़मीन खिलते फूलों वाले वृक्षों से बहुत सुंदर ढकी हुई है, हंसी की मिठास, वाणी की मिठास, माता, वरदान देने वाली, आनंद देने वाली।"

इस गीत का उन दिनों अंग्रेजी में अनुवाद कराए जाने का अर्थ था कि इसे न केवल पढ़े-लिखे भारतीय पढ़ें, समझें बल्कि भारत से बाहर रहने वाले वे लोग भी पढ़ें और समझें जो अंग्रेजों के साम्राज्य को भारत से उखाड़ने के लिए कार्य कर रहे थे। अंग्रेजी के अनुवाद का यही लाभ हुआ भी था। कुछ ऐसे चेहरे भी थे जो विदेश में रहकर के भारत के लिए काम कर रहे थे। उन्हें बांग्ला नहीं आती थी। परंतु जब उन्होंने संस्कृत निष्ठ बांग्ला में लिखे इस गीत का अंग्रेजी अनुवाद पढ़ा तो उन्हें बहुत अच्छा लगा।

'वन्देमातरम्' को स्वाधीनता आंदोलन का एक महत्वपूर्ण और शक्तिशाली नारा बनाने में कवियों , लेखकों और साहित्यकारों का विशेष योगदान रहा।

रामप्रसाद बिस्मिल की कविता

रामप्रसाद बिस्मिल की ' मातृभूमि तेरी जय हो' कविता बहुत लोकप्रिय हुई। जो कि इस प्रकार है :-

ऐ मातृभूमि तेरी जय हो, सदा विजय हो।
प्रत्येक भक्त तेरा, सुख-शांति-कान्तिमय हो।।

अज्ञान की निशा में, दुख से भरी दिशा में,
संसार के हृदय में तेरी प्रभा उदय हो।

तेरा प्रकोप सारे जग का महाप्रलय हो।।
तेरी प्रसन्नता ही आनन्द का विषय हो।।

वह भक्ति दे कि 'बिस्मिल' सुख में तुझे न भूले,
वह शक्ति दे कि दुःख में कायर न यह हृदय हो।।

यदि इस कविता के भावों पर हम ध्यान दें तो स्पष्ट पता चलता है कि राम प्रसाद बिस्मिल की कविता पर 'वन्देमातरम्' का सीधा प्रभाव पड़ा था। कविता के भावों में राष्ट्रवाद स्पष्ट दिखाई देता है।

देवी रूप में मां भारती की कल्पना

हमारे कवियों ने मातृभूमि को देवी के रूप में चित्रित किया।

यद्यपि पाषाण पूजा किसी भी दृष्टिकोण से उचित नहीं मानी जा सकती, परंतु जब लोगों ने अपनी आस्था से अपनी मातृभूमि को जोड़ लिया और उसे देवी के रूप में पूजने लगे तो उनके भीतर सांस्कृतिक राष्ट्रवाद का सागर हिलोरें मारने लगा। इस प्रकार की आस्था ने लोगों को अपनी स्वाधीनता का उपासक बना दिया। इसका परिणाम यह हुआ कि अपनी मातृभूमि को देवी के रूप में देखकर लोग उसके माध्यम से अपने राष्ट्र की आत्मा से संवाद स्थापित करने में सफल हुए। उन्हें ऐसा लगा कि यदि हम अपनी मातृभूमि के लिए संघर्ष नहीं करेंगे अर्थात उसे स्वाधीन कराने में अपना सहयोग नहीं देंगे तो इससे हमको पाप लगेगा। लोगों ने समझा कि जैसे मां को कभी किसी का गुलाम नहीं बनने दिया जा सकता, वैसे ही अपनी मातृभूमि को भी किसी का गुलाम बने देखना उसके दूध को लजाने जैसा होता है। मां और मातृभूमि को समान दर्जा यद्यपि भारत प्राचीन काल से देता आया है, परंतु इस गीत ने भारत के इस सुप्त संस्कार को जगाने और पुनर्स्थापित करने में अपना अमूल्य सहयोग दिया।

अध्याय-11

धरने - प्रदर्शन और वन्देमातरम्

ब्रिटिश सरकार 'वन्देमातरम्' से कितनी भयभीत हो गई थी? इसका अनुमान इस बात से लगाया जा सकता है कि उसने विद्यालयों में अध्ययनरत छोटे-छोटे विद्यार्थियों को भी 'वन्देमातरम्' बोलने के 'अपराध' में दंडित करना आरंभ कर दिया था। बात नवंबर १९०५ की है, जब बंगाल के रंगपुर के एक विद्यालय के विद्यार्थियों ने 'वन्देमातरम्' बोला तो ब्रिटिश सरकार ने उन सभी २०० विद्यार्थियों पर पांच-पांच रुपए का अर्थ दंड लगा दिया था।

इस घटना से यह भी स्पष्ट हो जाता है कि ब्रिटिश सरकार के अनेक प्रकार के अत्याचारों को झेलने के लिए हमारे विद्यार्थी भी तैयार हो गए थे। उन्हें इस बात की कोई चिंता नहीं थी कि ब्रिटिश सरकार उनके साथ किस प्रकार का व्यवहार करेगी? उनके भीतर तो राष्ट्रवाद के शोले धधक रहे थे। अपनी प्यारी मातृभूमि बंगाल का उन्हें सांप्रदायिक आधार पर विभाजन किसी भी रूप में स्वीकार नहीं था। इसके लिए उन्हें यदि अपने - अपने बलिदान भी देने पड़ते तो वह उसके लिए सहर्ष तैयार थे। ब्रिटिश सरकार ने न केवल वन्देमातरम् गाने पर प्रतिबंध लगाया, अपितु इसका विरोध करने वाले नेताओं और नागरिकों को विभिन्न प्रकार के दंड दिए।

'फूट डालो और राज करो' की ब्रिटिश नीति और 'वन्देमातरम्'

हमें इस बात को बार-बार सुनाया पढ़ाया जाता रहा है कि अंग्रेज सरकार भारत के बारे में ' फूट डालो और राज करो' की नीति अपना रही थी। परंतु कभी यह नहीं बताया जाता कि ' फूट डालो और राज करो' की इस ब्रिटिश नीति का भारत के लोग और विशेष रूप

से क्रांतिकारी संगठनों के लोग किस प्रकार प्रतिरोध कर रहे थे? उन्होंने इसके विरुद्ध कोई नीति अपनाई या नहीं अपनाई? साथ ही यह भी नहीं बताया जाता कि ब्रिटिश सरकार की ' फूट डालो और राज करो ' की नीति का कांग्रेस किस प्रकार विरोध कर रही थी? उसने विरोध किया या नहीं किया?

यदि इन बातों पर विचार करें तो कांग्रेस ने तो कभी ब्रिटिश सरकार की ' फूट डालो और राज करो' की नीति का जमकर विरोध नहीं किया, वह ब्रिटिश सरकार की इस नीति के विरोध में आकर समानांतर चलती रही और जिस वर्ग का ब्रिटिश सरकार पक्ष पोषण करती आ रही थी उसी का साथ देने का निर्णय कांग्रेस ने भी ले लिया। बात स्पष्ट थी कि उसने ब्रिटिश सरकार की ' फूट डालो और राज करो ' की नीति का विरोध न करके मुस्लिम तुष्टिकरण को अपना लिया। अब दूसरी ओर यदि दृष्टिपात किया जाए तो उधर हमारा क्रांतिकारी आंदोलन था। जिसके नेताओं ने ब्रिटिश सरकार की इस नीति का पहले दिन से जमकर विरोध करना आरंभ किया। उसने हरसंभव प्रयास किया कि हम सब एक हैं और एक होकर ब्रिटिश सरकार को भारत से बाहर करके ही दम लेंगे।

क्रांतिकारी आंदोलन के नेताओं ने ब्रिटिश सरकार की " फूट डालो और राज करो " की इसी घातक नीति का विरोध करने का निर्णय लेकर 'वन्देमातरम्' को अपना हथियार बनाया। जब ब्रिटिश सरकार ने देखा कि 'वन्देमातरम्' के नारे ने भारत के लोगों के भीतर एकता का भाव पैदा करने में चमत्कारिक प्रभाव दिखाना आरंभ कर दिया है तो उसने धीरे-धीरे मुसलमानों को भड़काना आरम्भ किया। वास्तव में उन दिनों 'वन्देमातरम्' का नारा ब्रिटिश सरकार की इस ' फूट डालो और राज करो' की नीति का सटीक उत्तर बनकर सामने आया था। इसने भारत के लोगों के भीतर राष्ट्रवाद और एकता की भावना को जगाकर ब्रिटिश शासन के विरुद्ध विद्रोह का बिगुल फूंक दिया।

हजारों लोगों को करनी पड़ी थी जेल यात्रा

जिन लोगों ने ब्रिटिश सरकार द्वारा वन्देमातरम् पर रोक लगाने के विरोध में सड़कों पर उतरकर ब्रिटिश सरकार का विरोध करना आरंभ किया, उनके विरुद्ध ब्रिटिश सरकार ने कठोरता का प्रदर्शन किया। फलस्वरूप हजारों लोगों को जेल की यात्रा करनी पड़ी। परंतु जेलों की यात्रा से हमारा कोई भी क्रांतिकारी भयभीत नहीं हुआ। जेलों को उन्होंने अपना ' घर' समझकर अपनी जेल यात्रा का स्वागत किया।

आम नागरिक भी अपने स्वतंत्रता सेनानियों का साथ दे रहे थे और यदि उनमें से भी किसी को जेल जाना पड़ा तो उन्होंने भी इस पर कोई आपत्ति व्यक्त नहीं की। १९०६

में बारीसाल (पूर्वी बंगाल) में 'वन्देमातरम्' के नारे लगाने पर ब्रिटिश सरकार की ओर से प्रतिबंध लगाया गया। जिन लोगों ने ब्रिटिश सरकार के इस आदेश का उल्लंघन किया, उन्हें पुलिस दमन का शिकार होना पड़ा। पुलिस 'वन्देमातरम्' के नारे को अपने विरुद्ध विद्रोह कहती थी और लोग इस विद्रोह को बार-बार करते जा रहे थे। परिणाम स्वरूप हजारों लोगों ने जेल यात्राएं की। जिनमें स्वतंत्रता सेनानी, मजदूर , छात्र और आम नागरिक भी सम्मिलित थे। लोगों ने जेलों को अपना घर बना लिया था। एक-दूसरे से संवाद में लोग अक्सर कहते भी सुने जाते थे कि जेल हम जैसे लोगों के लिए ही बनी है अर्थात जिन पर राष्ट्रभक्ति का भूत सवार होता है, जेल उनका घर अपने आप बन जाता है।

१९०८ में तूतीकोरिन तमिलनाडु में वन्देमातरम् के नारे लगाने वाले १००० मजदूरों को ब्रिटिश सरकार ने उठाकर जेल में डाल दिया था। यह घटना २७ फरवरी १९०८ की है। उस दिन कोरल मिल के लगभग १००० मजदूर स्वदेशी स्टीम नेविगेशन कंपनी के साथ अपनी एकजुटता का प्रदर्शन करते हुए अपना विरोध व्यक्त कर रहे थे। ये सारे कर्मचारी ब्रिटिश अधिकारियों की दमनकारी नीतियों के विरुद्ध हड़ताल पर चले गए थे। उनको भी 'वन्देमातरम्' के जयघोष ने बहुत अधिक प्रभावित किया था। उनके 'वन्देमातरम्' के जयघोष से धरती और आसमान गूंज रहे थे। ब्रिटिश अधिकारी इस जयघोष को सुनकर ही घबरा गए थे। क्योंकि उन्होंने देश के अन्य स्थानों पर होने वाली घटनाओं के बारे में सुन रखा था और यह भी भली प्रकार समझ लिया था कि 'वन्देमातरम्' के जयघोष से भारत के लोग किस प्रकार क्रांति के लिए तैयार हो जाते हैं?

भारत का यौवन मचल रहा था

जब कोई समाज या कोई राष्ट्र अनेक प्रकार के अत्याचारों को सहन करने के उपरांत भी अपनी स्वाधीनता और आत्मसम्मान की लड़ाई को निरंतर जारी रखता है, तब उसे अपने अभीष्ट को प्राप्त करने से कोई रोक नहीं पाता है। भारत के भीतर मचलन थी। अपनी खोई हुई स्वाधीनता को प्राप्त करने की हार्दिक इच्छा थी। जिसके लिए भारत का यौवन मचल रहा था। ब्रिटिश सरकार उसका जितना ही अधिक दमन करने का प्रयास करती थी, वह उतना ही अधिक उग्र होता जाता था। अपने राष्ट्र, अपनी स्वाधीनता, अपने धर्म और अपनी संस्कृति के लिए उग्र होना हमारा एक वैदिक संस्कार है। जिसे हमने तेजस्विता के स्वरूप में स्वीकार किया है। यही संस्कार था जो हमारा पराभव के उस काल में निरंतर मार्गदर्शन कर रहा था। अत्याचार थे कि हम पर कोई प्रभाव नहीं दिखा पा रहे थे। यही कारण था कि जिन लोगों को ब्रिटिश सरकार ने उठाकर जेल में डाला था उनकी देशभक्ति

वहां भी उनके मन मस्तिष्क पर सवार रही और वे निरंतर 'वन्देमातरम्' का उद्घोष जेल के भीतर भी करते रहे।इस प्रकार 'वन्देमातरम्' ब्रिटिश सरकार के लिए जी का जंजाल बन चुका था। जिसे वह सटक भी नहीं पा रही थी और उल्टी भी नहीं कर पा रही थी। यदि सटकने का प्रयास करती थी तो भी उसे कष्ट हो रहा था और यदि उल्टी करने का प्रयास करती थी तो भी उसे कष्ट होना निश्चित था।

यह बहुत ही प्रसन्नता का विषय है कि ब्रिटिश काल में उन दिनों कुछ ब्रिटिश अधिकारियों पर भी 'वन्देमातरम्' का रंग चढ़ गया था। जिसे वह हमारे स्वाधीनता सेनानियों क्रांतिकारी या आम नागरिकों के साथ बोलने लगे थे। समाचार पत्र ' दैनिक भास्कर' के अनुसार एलसी लैडली और पीएच होल्डन जैसे अधिकारी तो जेल में भी हमारे स्वाधीनता सेनानियों के साथ मिलकर 'वन्देमातरम्' का जय घोष करने लगे थे। ब्रिटिश सरकार को जब अपने ही अधिकारियों के बारे में इस प्रकार की जानकारी हुई तो उसने उन्हें भी उठाकर जेल में डाल दिया था।

बारिसाल का अभूतपूर्व 'वन्देमातरम्' जुलूस

'वन्देमातरम्' को लेकर जिस प्रकार आंदोलन अपने उफान पर था, वह जहां भारतवासियों के लिए उत्साह का संचार करने वाला बन गया था, वहीं ब्रिटिश सरकार को वह निरंतर भयभीत करता जा रहा था। ब्रिटिश सरकार बौखलाहट में निर्णय लेती जा रही थी। २० मई, १९०६ को बारिसाल (बांग्लादेश) में हमारे क्रांतिकारियों ने बंग - भंग को लेकर ब्रिटिश सरकार के विरुद्ध एक अभूतपूर्व विशाल जुलूस का आयोजन किया। बताया जाता है कि इस जुलूस में लगभग १०००० लोगों ने भाग लिया था। तब अनेक मुस्लिम भी ऐसे थे जो हिंदू समाज के लोगों का साथ दे रहे थे और साथ-साथ मिलकर वन्देमातरम् का जयघोष कर रहे थे। यदि किसी को आपत्ति भी थी तो उसने घर से निकलना ही उचित नहीं माना था। क्योंकि 'वन्देमातरम्' हम सब का सामूहिक जयघोष बन गया था, जिसने राष्ट्रीय एकता की मिसाल स्थापित की थी।

मुसलमानों द्वारा हिंदुओं का इस प्रकार साथ दिया जाना अंग्रेजों को किसी भी प्रकार से स्वीकार्य नहीं था। क्योंकि उनकी सोच तो ' फूट डालो और राज करो' की नीति के आसपास घूमती थी।

लाहौर का विशाल प्रदर्शन

लाहौर हमारी क्रांतिकारी गतिविधियों का गढ़ रहा है और आर्य समाज के लिए तो यह किसी ' नालंदा' से कम नहीं था। आर्य समाज के अनेक ऐसे क्रांतिकारी नायक रहे

जिन्होंने लाहौर में रहकर शिक्षा प्राप्त की थी। कितने ही क्रांतिकारी इसी शहर में पहुंचकर एक-दूसरे के साथ विचार - विमर्श किया करते थे। शिक्षा केंद्र होने के कारण लोगों के भीतर राष्ट्र जागरण का भाव बड़ी तीव्रता से उत्पन्न हुआ था। इसलिए यहां पर अनेक क्रांतिकारी घटनाएं भी घटित हुईं।

मई १९०७ में यहां पर लोगों ने वन्देमातरम् का नारा लगाते हुए विशाल प्रदर्शन किया था। इस प्रकार के प्रदर्शनों की अंग्रेजी राज में छूट नहीं थी। इसलिए ब्रिटिश सरकार ने इस प्रदर्शन को सरकारी आदेश का उल्लंघन माना। प्रदर्शनकारियों का यह जुलूस निरंतर आगे बढ़ता जा रहा था और 'वन्देमातरम्' का उद्घोष भी निरंतर जोर पकड़ता जा रहा था। उस समय रावलपिंडी में स्वदेशी नेताओं की गिरफ्तारी की गई थी। उस गिरफ्तारी के विरोध में ही लोगों ने इस जुलूस का आयोजन किया था। बड़ी संख्या में लोगों ने आकर जुलूस को सफल बनाने का राष्ट्रभक्ति से भरा कार्य किया था।

लोकमान्य तिलक और वन्देमातरम्

मुंबई पुलिस कोर्ट में लोकमान्य तिलक के मुकदमे की सुनवाई चल रही थी। तब भी " वन्देमातरम् " ने अपना विशेष प्रभाव दिखाया था। बात १९०८ की है। जब अंग्रेजी सरकार के द्वारा लोकमान्य बाल गंगाधर तिलक को मांडले जेल के लिए भेजने की तैयारी की जा रही थी। जैसे ही लोगों को इस बात की जानकारी हुई कि ब्रिटिश सरकार हमारे महान नेता लोकमान्य बाल गंगाधर तिलक को मांडले जेल के लिए भेज रही है तो बड़ी संख्या में लोग मुंबई पुलिस कोर्ट के बाहर आकर एकत्र हो गए। हजारों की संख्या में पहुंचे लोगों की एक ही मांग थी कि हमारे महान नेता बाल गंगाधर तिलक को मांडले जेल न भेजा जाए। वे जोर-जोर से 'वन्देमातरम्' का नारा लगा रहे थे, और अपनी राष्ट्रीय एकता का परिचय दे रहे थे।

'वन्देमातरम्' के जयघोष से हमारे देश के लोग गूंगी - बहरी अंग्रेजी सरकार के कान खोलना चाहते थे। यद्यपि 'वन्देमातरम्' को ब्रिटिश सरकार ने १९०५ में ही प्रतिबंधित कर दिया था, परंतु लोग थे कि मानते नहीं थे। उनके लिए सरकार द्वारा लगाए गए प्रतिबंध के उपरांत भी 'वन्देमातरम्' गाना एक फैशन बन गया था। हमारे देश के लोगों के लिए वन्देमातरम् गाना ब्रिटिश सरकार का विरोध करने का एक अच्छा प्रतीक बन गया था। यद्यपि लोकमान्य बाल गंगाधर तिलक को माण्डले जेल स्थानांतरित करने के अपने निर्णय पर ब्रिटिश सरकार अडिग रही, परंतु भारत के लोगों ने भी उसे यह दिखा दिया कि यदि वह अपने निर्णय पर अडिग है तो हम भी अपने निर्णय पर अडिग हैं यानी हम भी उसके आदेशों का पालन नहीं करेंगे।

राजनीति में अपनी मांगों को मनवाने के लिए ही प्रदर्शन या विरोध व्यक्त नहीं किए जाते हैं, अपितु विरोध व्यक्त करने के कभी-कभी संदेश भी दिए जाते हैं और वे संदेश इतने मजबूत होते हैं कि सरकारें चाहे कितना ही तानाशाही रूप क्यों न दिखा रही हों, परन्तु उनके हृदय पर इन प्रदर्शनों की गहरी चोट लगती है। यही स्थिति उस समय ब्रिटिश सरकार की बन चुकी थी।

लोकमान्य बाल गंगाधर तिलक जैसे नेता के लिए बड़ी संख्या में लोगों का बाहर आना अनिवार्य था। अब निहत्थे होकर वे सरकार से युद्ध तो नहीं कर सकते थे, परंतु सरकार के प्रति अपने विरोध को व्यक्त करते हुए उसे एक अच्छी चुनौती अवश्य दे सकते थे। इस विरोध को व्यक्त करने के लिए ही हमारे लोग 'वन्देमातरम्' का जय घोष करते थे। ब्रिटिश सरकार को हमारे लोगों का यह जयघोष इसलिए भी बुरा लगता था क्योंकि उसने इस नारे पर प्रतिबंध लगा दिया था। प्रतिबंध के उपरांत भी इसका लगाया जाना भारत के लोगों के उस नैतिक साहस की ओर संकेत करता था, जो अत्याचारी सरकार का विरोध करने के लिए किसी भी प्रकार से हार का मुंह नहीं देखना चाहते थे।

धरने प्रदर्शन और 'वन्देमातरम्'

स्वाधीनता आंदोलन के काल में देश के लोगों को अनेक धरने प्रदर्शन करने पड़े थे। उस काल में जितने भी धरने प्रदर्शन भारतवर्ष में हुए उन सबका एकमात्र उद्देश्य भारत की स्वाधीनता का था इन सभी धरने प्रदर्शनों में भारत के लोग बढ़ चढ़कर भाग लेते थे और वन्देमातरम् के माध्यम से सरकार तक अपना विरोध पहुंचाते थे।

अध्याय-12

विदेशों में क्रांतिकारी आंदोलन और वन्देमातरम्

भारत के अनेक क्रांतिकारी ऐसे थे जिन्होंने विदेशों में रहकर भारत का क्रांतिकारी आंदोलन जारी रखा था। उन लोगों को भी 'वन्देमातरम्' ने बहुत अधिक प्रेरित किया था। ऐसे क्रांतिकारियों में से ही एक मदनलाल ढींगरा भी थे। मातृभूमि की वंदना अर्थात राष्ट्र वंदना में उनका कोई तोड़ नहीं। उन्होंने अपने क्रांतिकारी विचारों से इतिहास में जिस प्रकार अपनी आभा उत्कीर्ण की उससे स्पष्ट हो गया कि उन्हें अपनी मातृभूमि से अधिक प्रिय कोई चीज नहीं थी।

उनका जन्म १८ सितंबर, १८८३ को अमृतसर में हुआ था। बचपन से ही उनके ऊपर देशभक्ति हावी हो गई थी। ब्रिटिश राजभक्त परिवार में जन्म लेने के उपरांत भी उन्होंने कभी अंग्रेजों के गीत नहीं गए। वह भारत के उदगाता थे , भारत के व्याख्याता थे और भारत के ही निर्माता थे। ब्रिटिश सरकार की चरण वंदना में उनका तनिक भी विश्वास नहीं था।इसलिए उन्होंने परिवार की ब्रिटिश राजभक्त की सोच से अलग हटकर देशभक्त क्रांतिकारियों के साथ उठना - बैठना आरंभ कर दिया था। उन्होंने अपनी प्रारंभिक शिक्षा लाहौर से प्राप्त की थी। उसके पश्चात उच्च शिक्षा प्राप्त करने के लिए वह लंदन गए। वहां पर श्याम जी कृष्ण वर्मा और विनायक दामोदर सावरकर जैसे महान क्रांतिकारी पूर्व से ही मां भारती की सेवा करने के लिए अपने खम्भ गाड़े हुए थे।

जहां चाह वहां राह

ये सभी क्रांतिकारी पहले से ही 'वन्देमातरम्' के पुजारी थे। श्याम जी कृष्ण वर्मा पहले से ही विदेश में रहकर मातृभूमि की सेवा कर रहे थे। इसी प्रकार राष्ट्र चिंतन और वीरता से अभिभूत सावरकर जी भी अपनी राष्ट्र आराधना में लगे हुए थे। मातृभूमि उन्हें प्राणों से

प्यारी थी। कहा जाता है कि जहां चाह होती है वहां राह मिल ही जाती है। मदनलाल ढींगरा के हृदय में पहले से ही देशभक्ति रची- बची थी। इसलिए वह स्वयं ही ऐसे लोगों से जा मिले,जिनकी उन्हें खोज थी। उधर श्याम जी कृष्ण वर्मा और विनायक दामोदर सावरकर भी ऐसे युवाओं की खोज में थे जो 'वन्देमातरम्' की पवित्र भावना को हृदय में लेकर देश के लिए कुछ करने की चाह रखते हों। आग दोनों ओर से थी , इसलिए जब मिलन हुआ तो दोनों पक्षों ने एक-दूसरे का स्वागत किया। परिणाम यह हुआ कि विदेश की धरती पर चल रहा क्रांतिकारी आंदोलन और भी अधिक प्रचंड हो उठा। मदनलाल ढींगरा ने ' इंडिया हाउस ' में अपने अन्य क्रांतिकारी साथियों के साथ रहकर क्रांतिकारी गतिविधियों को आगे बढ़ाने का निर्णय लिया।

'इंडिया हाउस' में रहकर क्रांतिकारी गतिविधियों को आगे बढ़ाना बहुत साहसिक कार्य था। यह कुछ उसी प्रकार था, जैसे शेर की मांद में रहकर कोई शेर से वैर पाल ले। परंतु जो स्वयं ही शूरवीर हों और जिनके स्वयं का निवास स्थल किसी शेर की मांद से कम न हो, उनके लिए उन क्रूर, हिंसक और पाशविक प्रवृत्ति के मनुष्यों के रूप में घूम रहे कायर लोगों की मांद में अथवा उनके घर में जाना कोई बड़ी बात नहीं है, जो मनुष्य का शिकार करते हों। मदनलाल ढींगरा जैसे क्रांतिकारी ऐसे क्रूर और हिंसक कायरों की 'मौत के वारंट' लेकर उनके घर पहुंचे थे। ऐसे कार्य को कोई 'वन्देमातरम्' का उपासक ही कर सकता था,वही शूरवीर कर सकता था जिसे अपनी मातृभूमि से अपने प्राणों से भी अधिक प्यार था।

कुछ समय पश्चात ही 'वन्देमातरम्' के उपासक मदन लाल ढींगरा को यह आभास हो गया कि वह यहां पर शिक्षा प्राप्ति के अतिरिक्त एक ऐसे अत्याचारी ब्रिटिश अधिकारी के मौत के 'वारंट' लेकर भी आए हैं, जिन्हें केवल वही निपटा सकते हैं।

ब्रिटिश सरकार को दिया कड़ा संदेश

हम सभी जानते हैं कि ब्रिटिश सरकार ने उन दिनों भारत में 'वन्देमातरम्' के गान पर रोक लगा दी थी। परंतु भारत के क्रांतिकारी थे कि उन पर ब्रिटिश सरकार के इस प्रकार के अत्याचारों का कोई प्रभाव नहीं पड़ रहा था। इसी समय हमारे क्रांतिकारियों ने एक ब्रिटिश अधिकारी कर्जन वायली की हत्या करने का निर्णय लिया। इस हत्या के माध्यम से हमारे क्रांतिकारी न केवल उस ब्रिटिश अत्याचारी अधिकारी के पापों का दंड उसे देना चाहते थे, अपितु ब्रिटिश सरकार को उसके घर में रहकर ही यह भी बता देना चाहते थे कि यदि तुम हमें 'वन्देमातरम्' बोलने से रोकोगे और हमारे स्वराज्य की प्राप्ति के उद्देश्य में किसी प्रकार से बाधक बनोगे तो हम तुम्हें तुम्हारे घर में मारने के लिए भी तैयार हैं।

१ जुलाई, १९०९ को भारत के इस महान क्रांतिकारी मदनलाल ढींगरा ने सर विलियम कर्जन वायली को उसके पापों का दंड देते हुए सदा-सदा के लिए मृत्यु की नींद सुला दिया। कर्जन वायली और उसके देशवासियों को यह पता चल गया कि भारत शूरवीरों और देशभक्तों का देश है। उसके शेर अभी जिंदा हैं। यदि कोई उनसे शत्रुता मोल लेगा तो वह घर में आकर भी मार सकते हैं।

हमारे क्रांतिकारियों का यह कृत्य किसी व्यक्ति विशेष के विरुद्ध किया गया कृत्य नहीं था, यह उस दूषित और दुर्गन्धित व्यवस्था के विरुद्ध खुला विद्रोह था जो अत्याचार की प्रतीक बन चुकी थी। यह उस तानाशाही के विरुद्ध किया गया कार्य था जिसने हमारी स्वाधीनता को हड़प लिया था और जिसका भारत में रहना हमारे आत्मसम्मान को अखरता था। यह उस गली सड़ी व्यवस्था के विरुद्ध किया गया विद्रोह था जिसमें रहना किसी भी आत्मसम्मान रखने वाले व्यक्ति के लिए संभव नहीं था।

न्यायालय के समक्ष मदनलाल ढींगरा ने अपने इस कृत्य को उचित और न्याय संगत सिद्ध करने का प्रयास किया, परंतु अत्याचारी ब्रिटिश सरकार ने उन्हें २४ वर्ष की आयु में ही फांसी पर लटका दिया। इस महान क्रांतिकारी युवा ने फांसी पर झूलते हुए भी अंतिम शब्द 'वन्देमातरम्' ही बोला था।

जिनेवा से 'वन्देमातरम्' का प्रकाशन

मैडम भीकाजी कामा विदेश में रहकर भारत के क्रांतिकारी आंदोलन के लिए बहुत महत्वपूर्ण कार्य कर रही थीं। भारत के प्रति उनका विशेष लगाव था। 'वन्देमातरम्' के प्रति उनका समर्पण देखते ही बनता था। उन्होंने अपने कुछ अन्य क्रांतिकारी साथियों के साथ मिलकर जिनेवा से एक क्रांतिकारी पत्रिका का प्रकाशन आरंभ किया था। जिसका नाम उन्होंने " वन्देमातरम् " रखा था। इससे पता चलता है कि 'वन्देमातरम्' उस समय न केवल भारतवर्ष के भीतर अपितु भारतवर्ष के बाहर भी क्रांतिकारियों के लिए बहुत ही अधिक सम्मान और श्रद्धा का केंद्र बन गया था।

इस पत्रिका के माध्यम से भारत के क्रांतिकारी आंदोलन के संदेश विदेश में कार्यरत क्रांतिकारियों के पास पहुंचाने में बड़ी सुविधा होती थी। इसमें प्रकाशित होने वाले लेख लोगों को झकझोर डालते थे। इस पत्रिका का प्रकाशन १९०९ में आरंभ किया गया था। यह वही कालखंड था, जब भारत में अंग्रेज सरकार 'वन्देमातरम्' गाने वालों पर कठोर कार्यवाही करती थी और उसे राजद्रोह समझा जाता था। जिस कालखंड में 'वन्देमातरम्' के बारे में सोचना भी अपराध था, उस समय विदेश में रहकर किसी पत्रिका का प्रकाशन आरंभ करना सचमुच एक अनुकरणीय और साहसिक कार्य था।

यह और भी अधिक ध्यान देने योग्य तथ्य है कि इस पत्रिका को भारतवर्ष में क्रांतिकारी नहीं बल्कि मैडम भीकाजी कामा जैसी भारत भक्त विदेशी वीरांगना चला रही थी।

इस पत्रिका के माध्यम से क्रांतिकारी बलिदानियों को भी स्मरण किया जाता था। विशेष रूप से मदनलाल ढींगरा जैसे उन क्रांतिकारियों पर विशेष लेख प्रकाशित होते थे, जिन्होंने देश के लिए बलिदान दिये थे। यह इसलिए किया जाता था कि 'वन्देमातरम्' के माध्यम से देश का युवा वर्ग अपने देश की स्वाधीनता के लिए प्रेरणा प्राप्त करे और 'वन्देमातरम्' के महत्व को भी ग्रहण करे। इस प्रकार 'वन्देमातरम्' (पत्रिका) 'वन्देमातरम्' अर्थात देशभक्त लोगों के द्वारा 'वन्देमातरम्' अर्थात देशभक्त लोगों के लिए चलाया गया एक देशभक्ति पूर्ण अभियान था। इस पत्रिका ने विदेशों में भारत के क्रांतिकारी आंदोलन के विस्तार में महत्वपूर्ण योगदान दिया। लोग एक-दूसरे के संपर्क में आए और बड़ी सहजता से एक-दूसरे के भावों को समझ सके। इसके अतिरिक्त भारत के स्वाधीनता आंदोलन के लिए एक कार्य योजना तैयार करने में भी उन्हें सुविधा अनुभव हुई।

श्यामजी कृष्ण वर्मा और 'वन्देमातरम्'

१८५७ की क्रांति जब हमारे देश को आंदोलित कर रही थी और स्वाधीनता के लिए पूरा देश क्रांति-पथ पर नए-नए कीर्तिमान स्थापित कर रहा था, तब ४ अक्टूबर १८५७ को गुजरात प्रान्त के माण्डवी कस्बे में श्याम जी कृष्ण वर्मा का जन्म हुआ। उनके पिता का नाम श्रीकृष्ण वर्मा था। पेशे से वह अधिवक्ता थे। हम सभी जानते हैं कि अधिवक्ता वर्ग ने भारत के स्वाधीनता संग्राम में बहुत महत्वपूर्ण योगदान दिया था। इसके कई कारण रहे। पहला तो यह कि अधिवक्ता वर्ग बहुत अधिक जागरूक होता है। दूसरे उसे कानून की भी जानकारी होती है। इसलिए वह बड़ी सहजता से आंदोलन की नीति, रणनीति और परिणति को समझ लेता है। अधिवक्ता होने के कारण श्याम जी कृष्ण वर्मा जी को ब्रिटिश प्रशासनिक व्यवस्था की भी जानकारी थी। तीसरे, जनसाधारण को ब्रिटिश अधिकारियों के सामने बोलने में हिचक होती थी, जबकि अधिवक्ता वर्ग उनके सामने बेहिचक होकर बोल सकता था। अधिकांश अधिवक्ताओं को जनसभाओं को संबोधित करने में भी किसी प्रकार का संकोच नहीं होता। स्वाधीनता आंदोलन के समय जनसभाओं को संबोधित करना और लोगों को सही मार्गदर्शन देना भी नेता की एक विशेष कला मानी जाती थी। जिसे अधिवक्ता वर्ग से जुड़ा हुआ हर व्यक्ति पूर्ण कर सकता था।

श्याम जी कृष्ण वर्मा अधिवक्ता और वक्ता दोनों ही थे। १८८८ में उन्होंने अजमेर से अपना विधि व्यवसाय आरंभ किया था। इसी समय उन्होंने देश के क्रांतिकारी आंदोलन

के साथ जुड़कर देश की स्वाधीनता अर्थात स्वराज के लिए काम करने का भी निर्णय लिया। १८८८ से ३ वर्ष पहले ही कांग्रेस की स्थापना हुई थी, परंतु कांग्रेस अभी भी जन सामान्य के लिए एक अपरिचित संगठन था। देश की स्वाधीनता के लिए काम करने वाले अधिकांश युवाओं को यह विश्वास नहीं था कि ये संगठन देश की स्वाधीनता के लिए काम करने के लिए जन्मा है। इसलिए क्रांतिकारी उपायों के माध्यम से देश को स्वाधीनता दिलाने वाले क्रांतिकारी युवा कांग्रेस की ओर न देखकर क्रांतिकारी संगठनों की ओर देखते थे।

श्याम जी कृष्ण वर्मा और स्वामी दयानंद

श्याम जी कृष्ण वर्मा जैसा कर्मठ क्रांतिकारी कांग्रेस की ओर जाएगा - यह सोचा भी नहीं जा सकता था। यही कारण था कि उन्होंने कांग्रेस की विचारधारा में विश्वास न रखकर देश के क्रांतिकारी जननायक लोकमान्य बाल गंगाधर तिलक की क्रांतिकारी विचारधारा से जुड़ना अच्छा समझा। इससे भी बड़ी बात यह थी कि वे १८५७ की क्रांति के सूत्रधार स्वामी दयानंद जी महाराज के विचारों से और भी अधिक प्रभावित थे। स्वामी दयानंद जी महाराज के बारे में यह बात पूर्णतया सत्य है कि जो कोई उनके संपर्क में आया या उनकी विचारधारा से प्रभावित हुआ वह किसी भी प्रकार की दोगली विचारधारा को स्वीकार करने के लिए कदापि तैयार नहीं होता था। उसके भीतर स्पष्टवादिता और निर्भीकता का भाव कूट-कूटकर भरा होता था। वे साहसी व्यक्तित्व के स्वामी थे। 'वन्देमातरम्' का पवित्र भाव उनके भीतर रच बस गया था। वह उसी के लिए जीते थे और उसी के लिए कार्य करते थे।

दो रियासतों के रहे दीवान

श्याम जी कृष्ण वर्मा मध्य प्रदेश की रतलाम और गुजरात की जूनागढ़ रियासत में दीवान के पद पर तैनात रहे थे। दीवान का पद उन दिनों बहुत महत्वपूर्ण होता था। उसके पास विशेष अधिकार भी होते थे। कोई सामान्य व्यक्ति उन अधिकारों के आकर्षण में स्वयं ही बंध जाता था। उस आकर्षण से फिर वह कभी बाहर नहीं निकल पाता था, परन्तु इस प्रकार के आकर्षण महापुरुषों पर कभी प्रभाव नहीं डाल पाते हैं। यही कारण था कि श्याम जी कृष्ण वर्मा दो रियासतों के दीवान होकर भी आजादी के दीवाने बने रहे। वह दीवान जी तो थे परंतु दीवानगी भी उन पर सवार थी और उस ' दीवानगी' ने ही उनको ' श्याम जी कृष्ण वर्मा' बनाया। यही कारण है कि अपने विशिष्ट व्यक्तित्व के कारण वह भारतवर्ष के युवाओं के आज तक भी मार्गदर्शक हैं। यह वही दौर था, जब देश में अंग्रेजों के विरुद्ध

'वन्देमातरम्' का नारा सर्वत्र गूंजता था और उसकी गूंज से चारों ओर देशभक्ति का बसंती रंग बिखर जाता था।

इस बसंती रंग ने हमारे हजारों क्रांतिकारियों को देश धर्म पर मरने की और शत्रुओं को मारने की प्रेरणा दी थी। कुछ लोगों को इस बात पर आपत्ति होती है कि देश धर्म के लिए मरना तो ठीक है परंतु मारने की बात करना अहिंसा के देश भारत में उचित नहीं है। ऐसे लोगों से हम कहना चाहेंगे कि जिस प्रकार ब्राह्मण का धर्म दान लेना और दान देना दोनों है, उसी प्रकार देश- धर्म पर मिटने वाले वीर वीरांगनाओं का धर्म देश के लिए मरना भी है और देश के लिए किसी को मारना भी है। जो देश पर मरना जानता है, वह देश के लिए किसी को मारना भी जानता है। उसकी बुद्धि इतनी सूक्ष्म, पवित्र, निर्मल और निर्णय लेने में पारंगत हो जाती है कि 'किसको मारना है' - यह भी वह भली प्रकार जान जाता है। इसका बोध हर किसी को नहीं होता है, परंतु जिसको होता है वह कोई सामान्य व्यक्तित्व नहीं होता। हमारे इस महान क्रांतिकारी श्याम जी कृष्ण वर्मा ने कर्जन वायली को मारने के लिए चुना तो यह चुनाव ऐसे ही नहीं कर लिया था ,उनकी सूक्ष्म बुद्धि ने यह भली प्रकार जान लिया था कि यह ब्रिटिश अधिकारी किस प्रकार भारत के लिए शत्रुतापूर्ण कार्य कर रहा था? हम सभी जानते हैं कि इस अधिकारी का काम तमाम मदनलाल ढींगरा ने किया था।

श्याम जी कृष्ण वर्मा जी ने दो रियासतों का दीवान रहते हुए भी जन कल्याण के अनेक कार्य किए थे। यह भी तभी संभव होता है , जब व्यक्ति के भीतर राष्ट्र प्रेम की भावना होती है। अपने समाज को,अपने राष्ट्र को और स्वदेश को उन्नति के पथ पर डालने का पवित्र भाव होता है। अपनी इसी पवित्र भावना के कारण वह क्रांतिकारी गतिविधियों में भाग ले रहे थे। 'वन्देमातरम्' ने उनके इस प्रकार के क्रांतिकारी विचारों में और तड़का लगा दिया था। जिससे उनका जीवन और भी अधिक निखर गया।

श्याम जी कृष्ण वर्मा का बौद्धिक स्तर भी बहुत ऊंचे स्तर का था। लोग उनकी विद्वत्ता का लोहा मानते थे। यही कारण था कि उन्होंने १९१८ के बर्लिन और इंग्लैंड में हुए विद्या सम्मेलनों में भारत देश का प्रतिनिधित्व करने का गौरव प्राप्त किया था।

विदेश में रहते हुए निकाला समाचार पत्र

उन दिनों सोशल मीडिया या इलेक्ट्रॉनिक मीडिया नहीं होती थी। अपनी बात को दूसरों तक पहुंचाने का उचित माध्यम समाचार पत्र और पत्रिकाएं ही होती थीं। अधिकांश समाचार पत्र ऐसे थे, जिन पर ब्रिटिश सरकार का पहरा लगा रहता था। जिसके कारण क्रांतिकारियों के विचारों को जनता तक पहुंचने नहीं दिया जाता था। ब्रिटिश सरकार इस बात का पूर्ण प्रबंध करती थी कि किसी भी क्रांतिकारी का कोई समाचार या कोई

लेख किसी समाचार पत्र में छपने ना पाए। यही कारण था कि हमारे अधिकांश स्वतंत्रता सेनानियों और विशेष रूप से क्रांतिकारियों ने अपनी बातों को और अपनी विचारधारा को जनसामान्य तक पहुंचाने के लिए समाचार पत्र - पत्रिकाओं का प्रकाशन स्वयं अपने स्तर पर करना उचित माना था। इसके लिए भी उन्हें विशेष परिश्रम करना पड़ता था , क्योंकि उनके पास अपने छापेखाने नहीं होते थे।

बहुत अधिक धन खर्च करके पत्र पत्रिकाएं प्रकाशित की जाती थीं।

अत: यह सहज ही अनुमान लगाया जा सकता है कि हमारे क्रांतिकारियों को उस समय पत्र- पत्रिकाओं के प्रकाशन के लिए कितना संघर्ष करना पड़ता था? इसके उपरांत भी अधिकांश क्रांतिकारियों ने अपने-अपने समाचार पत्र पत्रिकाएं प्रकाशित किये। श्याम जी कृष्ण वर्मा जी ने भी १९०५ में इंग्लैंड से अपना समाचार पत्र "द इंडियन सोशियोलॉजिस्ट " (मासिक) निकालना आरंभ किया था।

इस समाचार पत्र का उद्देश्य क्रांतिकारियों की गतिविधियों को दूर-दूर तक पहुंचाना था। कई बार अंग्रेजी सरकार हमारे क्रांतिकारियों को बदनाम करने के लिए उन पर झूठे आरोप लगा दिया करती थी। उनके विरुद्ध दुष्प्रचार किया करती थी और उनके चाटुकार समाचार पत्र - पत्रिकाएं उस दुष्प्रचार को और अधिक हवा दिया करते थे। उसका सामना करने के लिए भी हमारे क्रांतिकारियों के पास अपने समाचार पत्र- पत्रिकाओं का होना आवश्यक था। इन सब बातों के दृष्टिगत ही श्याम जी कृष्ण वर्मा जी ने अपना उपरोक्त समाचार पत्र प्रकाशित करना आरंभ किया था। जिसके बड़े सकारात्मक परिणाम आए। इसी समाचार पत्र को कालांतर में श्याम जी कृष्णा वर्मा जी ने जिनेवा से प्रकाशित करना आरंभ कर दिया था।

इंग्लैंड में 'इंडिया हाउस' की स्थापना करने में भी उनका विशेष योगदान था। यहां पर अनेक भारतीय विद्यार्थी एकत्रित होकर भारत की स्वाधीनता पर चिंतन मंथन किया करते थे। इस प्रकाश श्याम जी कृष्ण वर्मा जी के परिश्रम, त्याग, तपस्या और पुरुषार्थ से विदेशों में भारतीय स्वाधीनता आंदोलन और 'वन्देमातरम्' का जमकर प्रचार प्रसार हुआ।

अध्याय-13

कांग्रेस के राष्ट्रवाद की हवा निकल गई

७ नवंबर, १८७५ को 'वन्देमातरम्' की रचना की गई और उसके सही १३ वर्ष पश्चात अर्थात १८८८ में सर सैयद अहमद खान जैसे मुस्लिम नेता ने द्विराष्ट्रवाद के सिद्धांत की वकालत करनी आरंभ की। क्या यह सब केवल एक संयोग था या इसके पीछे किसी अन्य व्यक्ति, संस्था, संगठन अथवा तत्कालीन व्यवस्था का मस्तिष्क काम कर रहा था?

आज हम सभी को इन प्रश्नों पर गंभीरता से विचार करने की आवश्यकता है। यदि हम इनका सही उत्तर प्राप्त करना चाहते हैं तो हमें तत्कालीन व्यवस्था अर्थात ब्रिटिश सरकार की नीतियों पर भी विचार करना चाहिए। स्पष्ट है कि ब्रिटिश सरकार की नीति दोगली के साथ-साथ स्वार्थ पूर्ण भी थी अर्थात " फूट डालो और राज करो " की नीति थी। ब्रिटिश सरकार कभी यह नहीं चाहती थी कि भारत में मुसलमान और हिंदू एक होकर स्वाधीनता आंदोलन को चलाएं। इसलिए उसे इन दोनों के बीच में डंडा डालना ही था। डंडा डालने में एक पक्ष को धोखे में रखना था और वह पक्ष था- हिंदू पक्ष। जबकि दूसरे पक्ष को कुछ लाभ देना था और वह पक्ष था- मुस्लिम पक्ष। स्पष्ट है कि जिसे धोखे में रखा जा रहा था उसे डंडा डालने की नीति के बारे में कुछ बताना नहीं था और जिसे लाभ दिया जाना था उसे सब कुछ बता कर चलना था।

अब सिक्के के दूसरे पक्ष पर विचार करते हैं जो कहीं ब्रिटिश सरकार की "फूट डालो और राज करो" की नीति से भी अधिक महत्वपूर्ण है। सिक्के का दूसरा पक्ष है - मुसलमानों का स्वयं का अलगाववादी आचरण। वह स्वयं नहीं चाहते कि गैर मुसलमानों के साथ मिलकर चलें। यहां तक कि गैर मुसलमानों के जीवन का अस्तित्व भी उन्हें असहनीय है। वे उनके देश पर, उनके धन सम्पदा पर, पशुओं पर और महिलाओं पर दृष्टि रखते हैं और अवसर आते ही इन पर गिद्ध की भांति टूट पड़ते हैं। मुसलमानों का इस प्रकार का आचरण उन्हें गैर मुसलमानों से दूर करता है।

यह दूरी ही उनकी सांप्रदायिकता है। संप्रदाय की विशेषता भी यही होती है कि वह मनुष्य को मनुष्य से दूर करता है।

सर सैयद अहमद खान और भारत का राष्ट्रवाद

जिस समय ७ नवंबर १८७५ को 'वन्देमातरम्' की रचना की गई थी, उससे कुछ समय पहले ही स्वामी दयानंद जी महाराज ने आर्य समाज की स्थापना मुम्बई में की थी। आर्य समाज का चिंतन पूर्णतया राष्ट्रवादी चिंतन था। इसके कुछ समय पश्चात सर सैयद अहमद खान ने ' द्विराष्ट्रवाद ' पर बोलना आरंभ किया। सर सैयद अहमद खान को इतिहास में एक ' मुस्लिम स्कॉलर ' के रूप में जाना जाता है। कई लोगों की दृष्टि में वे हिंदू - मुस्लिम एकता के पक्षधर भी माने जाते हैं। यद्यपि सच्चाई यह है कि वह हिंदू - मुस्लिम एकता के पक्षधर नहीं थे। उनकी दृष्टि में मुस्लिम हित पहले था। उनको इस बात का डर था कि यदि भविष्य में जाकर भारत स्वाधीन हुआ और सत्ता हिंदुओं के हाथों में चली गई तो मुसलमानों से उनके द्वारा किए गए पापों का चुन-चुनकर प्रतिशोध लिया जाएगा। इसलिए पहले ही ब्रिटिश शासकों के साथ मिलकर अपने लिए अलग भूभाग प्राप्त कर लिया जाए। इसको कहते हैं - ' चोर की दाढ़ी में तिनका।' सर सैयद अहमद खान यह भी भली प्रकार जानते थे कि यदि स्वाधीनता मिलने के पश्चात अलग देश की बात की गई तो हिंदुओं का एक स्वाभाविक और सबसे प्रबल तर्क यह आएगा कि भारत की भूमि उनकी अपनी है। जिसे किसी विदेशी मजहब को नहीं दिया जा सकता। जिसकी कोई काट उनके पास नहीं होगी। ऐसे में यह आवश्यक है कि अब जबकि अंग्रेज उनका हर कदम पर साथ दे रहे हैं तो उनसे ही क्यों न हिंदुओं की भूमि ले ली जाए?

ब्रिटिश सरकार की चिन्ता

उधर ब्रिटिश सरकार ने जब देखा कि 'वन्देमातरम्' के कारण लोगों का तेजी से ध्रुवीकरण हो रहा है और उनके विरुद्ध चारों ओर बगावत के सुर उभरते जा रहे हैं तो उनको भी यह चिन्ता हुई कि इस प्रकार के ध्रुवीकरण को रोका जाए। उस ध्रुवीकरण को रोकने के लिए उन्होंने सर सैयद अहमद खान जैसे लोगों को थपकी मारना आरंभ किया। यह थपकी ऐसे ही नहीं मारी गई थी? इस थपकी का भी अंग्रेजों ने 'बहुत बड़ा पुरस्कार' मुसलमानों को देने का मन बना लिया था। यहां पर यह भी उल्लेखनीय है कि मुसलमानों ने भी किसी बड़े ' पुरस्कार ' की इच्छा से ही अंग्रेजों की ओर बढ़ना आरंभ किया था। यही वह काल था जब देश की अस्मिता का सौदा किया जा रहा था। उस सौदे में ऐसी दो शक्तियां एक-

दूसरे के साथ उठना - बैठना आरंभ कर रही थीं जिनका इस पवित्र भूमि से दूर-दूर का भी कोई संबंध नहीं था। यह दोनों शक्तियां ही भारत से द्वेष रखती थीं। जिन हिन्दुओं का संबंध था - उनसे सारा सौदा गुप्त रखा जा रहा था।

आर्य समाज का आंदोलन तत्कालीन हिंदू समाज का और देश की स्वाधीनता का पक्षधर बनकर मैदान में उतर चुका था। कांग्रेस आर्य समाज के इस प्रकार के दृष्टिकोण से पूर्णतया असहमत थी। आर्य समाज क्रांतिकारी आंदोलन के साथ था। आर्य समाज का स्पष्ट चिंतन था कि भारत और भारतीय राष्ट्र के लिए इस्लाम और ईसाइयत दोनों का ही चिंतन विनाशकारी है। उधर कांग्रेस इस क्रांतिकारी आंदोलन की हवा निकालने का काम कर रही थी। इसी प्रकार मुस्लिम पक्ष भी क्रांतिकारी आंदोलन की हवा निकालने वालों में ही सम्मिलित था। क्योंकि वह जानता था कि उसके आका का क्या दृष्टिकोण हो सकता है और उसका स्वयं का हित किसके साथ खड़े होने में है?

पर्दे के पीछे पक रही थी खिचड़ी

जब कांग्रेस के मंचों से 'वन्देमातरम्' गूंजता था तो अंग्रेजों को यह अच्छा नहीं लगता था। इसलिए उन्होंने धीरे-धीरे मुसलमानों को उकसाना आरंभ किया। उनके कानों में फूंक मारना आरंभ किया कि यदि आप किसी ' बड़े पुरस्कार' की इच्छा रखते हो तो हिंदुओं का हर पग पर विरोध करना सीखो। इस बात की चिंता मत करो कि हिंदू तुम्हारा कुछ बिगाड़ सकते हैं? क्योंकि तुम्हारे साथ हमारी पूरी व्यवस्था (सरकार) खड़ी है। हमारे रहते हिन्दू पक्ष तुम्हारा कुछ नहीं बिगाड़ पाएगा। पर्दे के पीछे पकने वाली इस खिचड़ी ने राष्ट्र के सम्मान का सौदा निरंतर जारी रखा।

पर्दे के पीछे पकने वाली इसी खिचड़ी ने सही उस समय मुस्लिम लीग की स्थापना कराई। जिस समय पूरा देश 'वन्देमातरम्' के क्रांतिकारी आह्वान और नारे से गूंज रहा था।

कुल मिलाकर 'वन्देमातरम्' के राष्ट्रवाद की हवा निकालने के लिए मुस्लिम लीग की स्थापना अंग्रेजों की सहायता से १९०६ में ढाका में की गई। इसका अपना खुला एजेंडा था कि हमें मुसलमानों के अधिकारों की मांग करनी है और धीरे-धीरे उसे अपना अलग भूभाग मांगने तक ले जाना है।

इस प्रकार १८८८ में सर सैयद अहमद खान जिस द्विराष्ट्रवाद की वकालत कर रहे थे, उस बीज का अंकुरण १९०६ में आकर मुस्लिम लीग के रूप में हुआ। चेहरा चाहे कोई भी हो, हाथ भी चाहे कोई हो और मंच भी चाहे कोई हो परंतु सोच नियत और नीति वही थी जो १८८८ में सर सैयद अहमद खान ने मुसलमानों के हितों की पैरवी करते हुए निश्चित की थी।

मुस्लिम लीग की स्थापना पर्दे के पीछे की उस खिचड़ी का साकार रूप था, जिसे मुस्लिम और अंग्रेज भारतीय हितों के विरुद्ध जाकर पका रहे थे। जब हिंदू समाज 'वन्देमातरम्' की गरम चाशनी को पकाकर उससे स्वाधीनता को साध लेना चाहता था, तब उसमें कड़वा विष घोलने का काम मुस्लिम नेता और अंग्रेज मिलकर कर रहे थे। जिसमें कांग्रेस का भी साथ था। हिंदू समाज देश में ही नहीं, देश के बाहर भी अपने क्रांतिकारियों को भेजकर स्वाधीनता आंदोलन को गति देना चाहता था। जबकि मुस्लिम पक्ष अंग्रेजों के साथ मिलकर अपने हितों के लिए काम करना आरंभ कर चुका था। मुस्लिम लीग की स्थापना को इसी दृष्टिकोण से समझने की आवश्यकता है।

बंग भंग और मुस्लिम नेता

१९०५ में अंग्रेजों ने बंगाल का सांप्रदायिक आधार पर विभाजन किया। मुस्लिम सांप्रदायिकता में विश्वास रखने वाले अनेक मुस्लिम नेता इस बात से सहमत थे कि बंगाल का सांप्रदायिक आधार पर विभाजन होना पूर्णतया उचित और न्यायसंगत है। यह सांप्रदायिक विभाजन ही आगे चलकर सांप्रदायिक आधार पर देश के विभाजन का कारण बना। एक प्रकार से बंग-भंग सांप्रदायिक आधार पर देश के विभाजन की आधारशिला थी। सांप्रदायिक आधार पर बंग भंग मुसलमानों के लिए एक प्रयोग था। कांग्रेस की ढुलमुल नीति के कारण मुस्लिम लीग ने इस बंग-भंग को आधार बनाकर नई तैयारी करनी आरंभ की। इसीलिए उसने अपनी स्थापना के दिन से ही देश के विभाजन की तैयारी करनी आरंभ कर दी। यही कारण है कि मुस्लिम लीग के लिए 'वन्देमातरम्' एक सांप्रदायिक नारा था। क्योंकि उसकी सोच में कहीं पर भी भारत माता के लिए कोई स्थान नहीं था। उसे आम मुसलमान को सांप्रदायिक आधार पर भड़काना था। जिससे वह हिंदू समाज से दूरी बनाकर चले और सांप्रदायिक आधार पर मुस्लिम लीग का समर्थन करना आरंभ करे। प्रारंभ में इसी प्रकार की नीति अपनानी थी। धीरे-धीरे माहौल गर्म करके कालांतर में उसे नए देश के लिए तैयार कर लेना था। घटनाओं ने बताया कि यही हुआ भी। घटनाओं के अध्ययन से हमें पता चलता है कि यह सब कुछ सुनियोजित ढंग से हो रहा था। यद्यपि इसको बहुत गोपनीय ढंग से चालू किया गया था।

मिंटो-मार्ले सुधार अधिनियम

मुस्लिम लीग ने माहौल को गर्माना आरंभ किया। अंग्रेजों ने भी अपनी कुटिल चालों को और तेजी से चलना आरंभ किया। जितना ही अधिक माहौल 'वन्देमातरम्' से देश की स्वाधीनता के लिए तैयार हो रहा था, उतनी ही तीव्रता से मुस्लिम लीग और ब्रिटिश सरकार कांग्रेस के समर्थन से उसे बिगाड़ने की तैयारी कर रही थीं। इसी समय ' मिंटो-मार्ले

सुधार अधिनियम १९०९' लागू किया गया। यह अधिनियम मुस्लिम लीग और ब्रिटिश सरकार दोनों की मिलीभगत का परिणाम था। जिसने देश के विभाजन के लिए नई भूमिका तैयार करने का काम किया। 'वन्देमातरम्' की ओर से मुसलमान का ध्यान हटाने के लिए अंग्रेजों ने उन्हें अलग निर्वाचक मंडल की सुविधा प्रदान की। इसका अभिप्राय यह था कि हम आपको विधानमंडलों में पृथक निर्वाचक मंडलों के माध्यम से अधिक अधिकार प्रदान करेंगे और तुम्हें इसके बदले में 'वन्देमातरम्' से दूर रहना होगा अर्थात भारत की स्वाधीनता के लिए चल रहे आंदोलन से अपने आप को दूर करना होगा।

मुसलमानों ने इस गुप्त समझौते पर अपनी सहमति प्रदान की। इसका परिणाम यह निकला कि भारत में मुस्लिम सांप्रदायिकता मुखर होती चली गई। जिसने हिंसा का मार्ग अपना लिया। दु:ख की बात यह रही कि गांधी जी मुस्लिम लीग की इस मुखर सांप्रदायिक नीति का विरोध नहीं कर पाए। वह तुष्टीकरण करते हुए मुसलमानों और मुस्लिम लीग की पीठ पर प्यार से हाथ फेरते रहे और मनाने का प्रयास करते रहे। यद्यपि मुस्लिम लीग ने यह स्पष्ट कर दिया कि उस पर गांधी जी की इस पुचकारने की नीति का कोई प्रभाव नहीं पड़ता है। लॉर्ड मिंटो ने भारत में सांप्रदायिक आधार पर निर्वाचक मंडलों की स्थापना कर भारत को विभाजन के मार्ग पर डाल दिया।

कांग्रेस और क्रांतिकारी आंदोलन

यदि कांग्रेस हमारे क्रांतिकारी आंदोलन के उद्देश्य को समझ कर उसका साथ देने का निर्णय लेती और सांप्रदायिक आधार पर किसी भी वर्ग का तुष्टिकरण नहीं करती तो इतिहास दूसरा होता। उसे 'वन्देमातरम्' से बने गर्म माहौल को अपने पक्ष में भुनाने का प्रयास करना चाहिए था। ऐसा न करके कांग्रेस ने धीरे-धीरे 'वन्देमातरम्' से अपना पल्लू छुड़ाना आरंभ कर दिया। इसका परिणाम यह हुआ कि मुस्लिम लीग और मुस्लिम नेता निरंतर'वन्देमातरम्' का विरोध करने पर उतर आए। १९२३ ईस्वी में जब कांग्रेस का वार्षिक अधिवेशन आंध्र प्रदेश के काकीनाडा शहर में आयोजित किया गया तो वहां पर मोहम्मद अली जौहर नाम के मुस्लिम नेता को कांग्रेस का अध्यक्ष बनाया गया। यह अधिवेशन २८ दिसंबर १९२३ से १ जनवरी १९२४ तक आयोजित किया गया था। इस अधिवेशन के अध्यक्ष मोहम्मद अली जौहर ने 'वन्देमातरम्' का पहली बार कांग्रेस के मंच पर मुखर होकर विरोध किया।

पंडित विष्णु दिगंबर पलुस्कर कांग्रेस के इस अधिवेशन में वन्देमातरम् गीत गा रहे थे। तभी मोहम्मद अली जौहर ने कार्यक्रम स्थल पर प्रवेश किया। वन्देमातरम् के शब्द

कानों में पड़ते ही मोहम्मद अली जौहर के तन-बदन में आग लग गई। उन्होंने पलुस्कर जी को वन्देमातरम् गाने से रोकने का प्रयास किया परंतु पलुस्कर जिस मिट्टी के बने हुए थे उसमें झुकना कहीं दूर-दूर तक भी सम्मिलित नहीं था, इसलिए उन्होंने कांग्रेस के अध्यक्ष मोहम्मद अली जौहर को ही शांत रहने का संकेत कर दिया और पूरा गीत गाकर ही बैठे। ऐसी स्थिति में मोहम्मद अली जौहर ने कांग्रेस के इस अधिवेशन का बहिष्कार कर मंच छोड़ दिया।

ये मोहम्मद अली जौहर वही मुस्लिम नेता थे, जिनका हिंदुओं के विरुद्ध किए गए मोपला कांड से सीधा संबंध रहा था। वह खिलाफत आंदोलन के एक बड़े नेता के रूप में ही जाने जाते हैं। हम सभी जानते हैं कि खिलाफत आंदोलन गांधी जी के द्वारा किस प्रकार हिंदुओं के और विशेष रूप से भारत के हितों की नीलामी चढ़ाने में काम आया था? गांधी जी ने तुर्की के सुल्तान को लगभग भारत का सुल्तान मान लिया था। तुर्की का सुल्तान उन दिनों मुसलमानों का धार्मिक गुरु होता था। जिसे खलीफा के नाम से जाना जाता था। इस खलीफा के पद अर्थात खिलाफत को अंग्रेजों ने समाप्त कर दिया था। इस प्रकार खलीफा या खिलाफत का भारत से कोई संबंध नहीं था, परंतु गांधी जी ने भारत के मुसलमानों को प्रसन्न करने के लिए खिलाफत को अपने सिर पर ओढ लिया। वे देश के लोगों को बलात खिलाफत आंदोलन में सम्मिलित होने का दबाव बनाने लगे। गांधी जी की इसी प्रकार की नीतियों से मोहम्मद अली जौहर को पंख लग गए। वह इतने उड़ने लगे कि वन्देमातरम् को कांग्रेस के मंच पर गाने से रोकने की भी हिमाकत कर बैठे। गांधी जी सहित किसी भी कांग्रेसी नेता ने मोहम्मद अली जौहर के इस कृत्य की निंदा नहीं की। परिणाम यह हुआ कि कांग्रेस के इस मौन को उसका मोहम्मद अली जौहर के सामने समर्पण मान लिया गया।

कांग्रेस का आत्म समर्पण

यह समर्पण देश के लिए घातक सिद्ध हुआ। कांग्रेस के रीढ़विहीन नेता वस्तुस्थिति का सही प्रकार से सामना नहीं कर पाए और उपस्थित चुनौती के सामने आत्मसमर्पण को ही अपनी विजय मान लिया। उपस्थित प्रश्न का समाधान देने के स्थान पर उन्होंने उसे बीजगणित का सवाल बना दिया।

जिसमें फैलाने के लिए तो लंबी चौड़ी बीज रकम फैलाई जाती है,परंतु उसका उत्तर शून्य ही आता है। कांग्रेस के नेता यह भूल गए थे कि चुनौती के सामने आत्मसमर्पण करना आत्महत्या के समान होता है और प्रश्न का समाधान देना ही वीरों का कार्य होता है। चुनौती हमसे तभी पराजित होती है जब हम चुनौती के लिए स्वयं चुनौती बन जाते हैं। किसी के

सामने दांत निकालने से अथवा याचना करने से वह पराजित नहीं होता है, इसके विपरीत ऐसी स्थिति में वह आप पर और अधिक हावी हो जाता है। दूसरों को दबाकर रखने के लिए आवश्यक होता है कि उसके हर दांव पर ध्यान रखा जाए और अपने दांव को उससे छुपा कर रखा जाए।

कांग्रेस के काकीनाडा अधिवेशन ने कांग्रेस के कथित राष्ट्रवाद की हवा निकाल दी। विवेकशील लोगों को भली प्रकार ज्ञात हो गया कि कांग्रेस किसी चुनौती के सामने सीना तानकर खड़ी नहीं होगी। विशेष रूप से तब जब मुस्लिम सांप्रदायिकता से जुड़ा हुआ कोई प्रश्न सामने उपस्थित हो। मुस्लिम नेताओं के सामने कांग्रेस के नेताओं का आभाहीन होना राष्ट्र के लिए कष्टप्रद सिद्ध हुआ। कोई भी ऐसा नेता जो अपने समक्ष उपस्थित किसी व्यक्तित्व के सामने या उपस्थित किसी चुनौती के सामने आत्म समर्पण कर दे, वह कभी नेता कहे जाने के योग्य नहीं होता। कांग्रेस की इस अभाहीन छवि के कारण ही मोहम्मद अली जौहर जैसे लोगों के चरित्र की कभी समीक्षा नहीं की गई। इतिहास में उन्हें हिंदू मुस्लिम एकता का समर्थक लिख दिया गया। इस एक पंक्ति ने ही कांग्रेस के इस अध्यक्ष के जीवन के सारे पापों को मानो क्षमा कर दिया।

इतिहास के होंठ सिल दिए गए। मां भारती के हृदय पर पत्थर रख दिया गया। कांग्रेस के नेताओं ने अपनी आंखों पर पट्टी बांध ली और जिनको कुछ सुनाई दे रहा था ,उनके कानों में रूई ठूंस दी गई। इस प्रकार भारत के क्रांतिकारी इतिहास के साथ क्रूर उपहास करते हुए कांग्रेस ने अपने वास्तविक चरित्र का परिचय दिया। गांधी जी और नेहरू जी की छत्रछाया में रहकर कांग्रेसी लोगों ने भारत का इतिहास लिखा, जिसे पूर्णतया विकृत कर दिया गया।

अध्याय-14

स्वामी श्रद्धानंद, 'वन्देमातरम्' और राष्ट्रीय आंदोलन

सैयद अली इमाम की अध्यक्षता में १९०८ में मुस्लिम लीग ने अपने राष्ट्रीय अधिवेशन में पृथक निर्वाचन मंडल की मांग की। १९०९ के ' मिंटो - मार्ले रिफॉर्म्स एक्ट' के अंतर्गत मुसलमानों को पृथक निर्वाचक मंडल प्राप्त हो गए थे। इस बात से आप अनुमान लगा सकते हैं कि यदि कांग्रेस अपने अधिवेशन में किसी प्रकार की मांग करती थी तो उस पर अंग्रेज सरकार वर्षों तक ' किंतु- परंतु ' करने के उपरांत भी उसे कांग्रेस को देती नहीं थी, परंतु मुस्लिम लीग ने १९०८ में पृथक निर्वाचक मंडल की मांग की और अगले ही वर्ष उसे उसकी मांग पूरी कर ' मनोवांछित पुरस्कार' दे दिया गया।

ब्रिटिश सरकार से मनोवांछित पुरस्कार प्राप्त करने के उपरांत अब मुस्लिम लीग का अगला निशाना 'वन्देमातरम्' था। इस पर भी उसका ब्रिटिश सरकार के साथ 'मैच फिक्सिंग' का खेल पहले ही निश्चित हो चुका था। १९१० में जब मुस्लिम लीग का अमृतसर अधिवेशन हुआ तो इसकी अध्यक्षता सर आगा खान ने की थी। इस बैठक में अंग्रेजों को लाभ पहुंचाने के लिए मुस्लिम लीग की ओर से 'वन्देमातरम्' को सांप्रदायिकता का प्रतीक माना गया था, इसलिए लीग ने इसे सांप्रदायिक घोषित कर दिया। ऐसा करके मुस्लिम लीग ने यह स्पष्ट कर दिया कि वह स्वयं सांप्रदायिक है और सांप्रदायिकता की राजनीति करना ही उसका उद्देश्य है। हिंदूहितों की रक्षा को उसने सांप्रदायिक कहा, जबकि मुसलमानों के हित उसके लिए सर्वोपरि थे।

मुस्लिम लीग का दिल्लीअधिवेशन

१९०९ में ब्रिटिश सरकार द्वारा जिस प्रकार मुस्लिम लीग को अपनी ओर से दी जाने वाली सुविधाओं की पहली खेप भेंट की थी, उसने यह स्पष्ट कर दिया था कि वह भविष्य

में भी मुसलमानों का साथ देने में किसी प्रकार का संकोच नहीं करेगी। १९१० में जब मुस्लिम लीग का अधिवेशन दिल्ली में आरंभ हुआ तो उसकी अध्यक्षता मौलाना सुल्तान मोहम्मद शाह द्वारा की गई। इसमें स्वराज्य संबंधी चर्चा को भी एजेंडा में सम्मिलित किया गया। ब्रिटिश सरकार से मिल रहे सहयोग के कारण मुस्लिम लीग के उत्साह में दिन प्रतिदिन वृद्धि होती जा रही थी।

उन दिनों ब्रिटिश सरकार इस बात को लेकर भी चिंतित थी कि कांग्रेस के मंचों पर आर्य समाज के राष्ट्रवादी नेताओं का आना-जाना लगा रहता था। इसके अतिरिक्त कई आर्य समाजी नेता कांग्रेस के मंचों का लगभग अपहरण कर चुके थे। इस स्थिति को ब्रिटिश सरकार अपने अनुकूल नहीं समझती थी। स्वामी श्रद्धानंद जी का नाम इस विषय में विशेष रूप से उल्लेखनीय है। जिनके कारण अनेक आर्य समाजी नेता और कार्यकर्ता कांग्रेस के साथ मिलकर काम कर रहे थे।

आर्य समाज के नेता नहीं चाहते थे कि कांग्रेस से अलग कोई नया राजनीतिक दल बनाया जाए और उसके आधार पर हिंदू समाज की एकता को कमजोर किया जाए। उनकी सोच थी कि कांग्रेस का ही राष्ट्रीयकरण कर लिया जाए। इस प्रकार कांग्रेस की एक बाजू को पकड़कर ब्रिटिश सरकार खींच रही थी, तो दूसरी बाजू को पकड़कर आर्य समाज खींच रहा था। ब्रिटिश सरकार उसे 'राजभक्त' बनाए रखना चाहती थी और आर्य समाज उसे ' राष्ट्रभक्त' बनाना चाहता था। ऐसी स्थिति में कांग्रेस ने दोगला मार्ग अपनाया।

जब ब्रिटिश सरकार ने देखा कि कांग्रेस के मंचों पर अधिकांश आर्य नेता उपस्थित हो जाते हैं तो उसकी चिंता और भी अधिक बढ़ गई। उसे इस बात का डर सताने लगा कि कांग्रेस का यदि राष्ट्रीयकरण हो गया तो वह आर्य समाज के रंग में रंग रंगकर उसके समक्ष एक बड़ी चुनौती उपस्थित कर सकती है। इसलिए उसने मुस्लिम लीग को तेजी से आगे बढ़ाना आरंभ किया।

स्वामी श्रद्धानंद बन गए एक चुनौती

भारत के राजनीतिक गगनमंडल पर जो भी कुछ घटित हो रहा था, उस पर स्वामी श्रद्धानंद जी की पैनी दृष्टि थी। उनका राष्ट्रवाद सभी मुसलमानों के लिए अखरने वाला बन गया था। अंग्रेज भी उन्हें नहीं चाहते थे। स्वामी जी के राष्ट्रवाद के सामने कांग्रेस का राष्ट्रवाद पानी भरता था। महात्मा गांधी सहित किसी भी नेता का यह साहस नहीं होता था कि वह स्वामी जी की बात को काट दें। स्वामी श्रद्धानंद जी बहुत ही स्वाभिमानी व्यक्तित्व के धनी थे। वे गांधीजी का सम्मान तो करते थे परंतु उनके अंधभक्त नहीं थे। यदि गांधी जी

कहीं भी किसी भी प्रकार का तुष्टिकरण करते हुए दिखाई देते थे या दोगली बात करते हुए दिखाई देते थे तो स्वामी जी उनको निसंकोच डांट दिया करते थे।

स्वामी श्रद्धानंद जी महाराज गांधी जी की खिलाफत नीति के विरुद्ध थे। गांधी जी जिस प्रकार 'वन्देमातरम्' के सामने आत्मसमर्पण करते जा रहे थे , उसे भी स्वामी जी उचित नहीं मानते थे। स्वामी श्रद्धानंद जी हिंदूहित में ही राष्ट्रहित देखते थे। इसलिए उन्होंने १९२४ में ' हिंदू संगठन' नामक पुस्तक लिखी थी। इस पुस्तक के माध्यम से उन्होंने यह स्पष्ट करने का प्रयास किया था कि हिंदू को आज भी संगठित रहने का प्रयास करना होगा अन्यथा पिछले १२०० वर्षों में जिस प्रकार हिंदू का विनाश किया गया है, उसके लिए आज के हिंदू समाज को भी तैयार रहना होगा। स्वामी जी ने हिंदू समाज को सचेत किया कि तुम्हें मिटाने का पिछले १२०० वर्षों में जिस प्रकार प्रयास किया गया है ,वह आज भी जारी है। इस प्रकार 'वन्देमातरम्' की विरोधी मुस्लिम लीग और ब्रिटिश सरकार की कुटिल नीतियों को स्वामी श्रद्धानंद जी महाराज ने गांधी जी और उनके शिष्य नेहरू जी से पहले समझ लिया।

स्वामी श्रद्धानंद जी महाराज ने उपस्थित चुनौतियों का सामना करने के लिए चुनौती देने वाले मुस्लिमों और ब्रिटिश सरकार के लिए अपने आप को ही एक चुनौती के रूप में प्रस्तुत किया। उन्होंने चुनौती के सामने अपनी छाती खोल दी और पूरा हिंदू समाज अपने पीछे ले लिया। इस प्रकार पूरे हिंदू समाज के एक सुरक्षा कवच के रूप में स्वामी श्रद्धानंद जी प्रकट हुए। उन्होंने हिंदुओं की जनसंख्या बढ़ाने और मुस्लिम सांप्रदायिकता का देश से अंत करने के लिए ' शुद्धि अभियान ' पर विशेष बल दिया।

स्वामी जी ने हिंदुओं को समझाया...

स्वामी श्रद्धानंद जी महाराज ने देश के हिंदू समाज को यह बताने का सफल प्रयास किया कि यदि अपना और अपने देश का सुखद भविष्य चाहते हो तो जितने हिंदू मुस्लिम धर्म में दीक्षित हुए हैं, उन सब की घर वापसी सुनिश्चित करो। उन्होंने सोए हुए हिंदू समाज का स्पष्ट शब्दों में आह्वान किया कि "यदि अभी नहीं तो कभी नहीं" की नीति पर काम करना होगा अर्थात यदि अब नहीं जागे तो फिर कभी नहीं जाग पाओगे। स्वामी जी महाराज के इस प्रकार के आह्वान से मुस्लिम जगत में खलबली मच गई। इसके साथ ही ब्रिटिश सरकार के भी कान खड़े हो गए। क्योंकि जिस प्रकार ब्रिटिश सरकार मुस्लिम लीग के साथ मिलकर हिंदू समाज का अहित करने पर तुली हुई थी और गांधी जी व उनकी कांग्रेस जिस प्रकार मुस्लिम लीग और ब्रिटिश सरकार के गठबंधन को अपना मौन समर्थन देकर आंखें बंद किए बैठे थे, स्वामी जी महाराज के इस प्रकार के क्रांतिकारी आह्वान से उस सब की पोल खुल जानी थी।

गांधी जी को मुस्लिम नेता और विशेष रूप से शौकत अली और रहमत अली नाम के अली बंधु कान में फूंक मार रहे थे कि देश में इस समय सांप्रदायिक दंगों का जिस प्रकार प्रचलन बढ़ा है, उसके पीछे आर्य समाज और स्वामी श्रद्धानंद का शुद्धि आंदोलन विशेष रूप से उत्तरदायी है।

गांधी जी उन दिनों जेल से रिहा होकर आए थे। अली बंधुओं ने उनसे जो कुछ कहा उस पर उन्होंने यथावत विश्वास कर लिया। इतना ही नहीं, अपनी ओर से एक ऐसा दुर्भावना पूर्ण वक्तव्य भी जारी कर दिया जिसमें देश की तत्कालीन विस्फोटक परिस्थितियों के लिए आर्य समाज और स्वामी श्रद्धानंद जी को दोषी बता दिया गया। गांधी जी के इस प्रकार के वक्तव्य से प्रेरित होकर एक मुस्लिम युवक ने स्वामी श्रद्धानंद जी को मारने की योजना पर काम करना आरंभ कर दिया।

'वन्देमातरम्' विरोधी गैंग गांधी जी के संरक्षण में काम करने लगा। उसे तुष्टिकरण की घुट्टी गांधी जी से निरंतर मिलती रही। यही कारण था कि वह गैंग हर उस कार्य में टांग अड़ाने लगा जो राष्ट्रवादी था या जिससे हमारा राष्ट्रवाद प्रबल हो सकता था। उसकी यह सोच हो गई कि जैसे भी हो भारत के राष्ट्रवाद को लंगड़ा किया जाए। क्योंकि वह गैंग जानता था कि अपनी मनचाही वस्तु उसे तभी मिल सकती है, जब राष्ट्रवाद को लूला, लंगड़ा, अपंग बना दिया जाए।

'वन्देमातरम्' के विरोधी हर उस व्यक्ति को हमें इसी गैंग का एक सदस्य मानना चाहिए जिसने भारत के राष्ट्रवाद को लूला, लंगड़ा और अपंग बनाने का या तो अतीत में काम किया है या वर्तमान में कर रहा है। यह एक सोचा समझा गैंग है। इसके पीछे एक भारत विरोधी लॉबी काम करती रही है। इसके सूत्र विदेश में भी फैले हुए हैं। इस गैंग को आप केवल अतीत कहकर भुला नहीं सकते। यह अतीत की कब्र नहीं है अपितु अतीत की वर्तमान में दीखने वाली एक काली छाया है।

हिंदू समाज के शुभचिंतक श्रद्धानंदजी

ब्रिटिश सरकार की गोद में खेलने वाले 'वन्देमातरम्' विरोधी लोगों को स्वामी श्रद्धानंद जी ने मुस्लिम आक्रांताओं के उत्तराधिकारी के रूप में स्थापित कर लोगों के सामने प्रस्तुत किया। उन्होंने लोगों को बताया कि पिछले बारह सौ वर्षों में जिन लोगों ने भारत के हिंदुओं का बलात धर्म परिवर्तन किया है वही आज किसी दूसरे रूप में तैयार दिखाई दे रहे हैं।

स्वामी जी ने बताया कि तत्कालीन कई हिंदू शासक मुस्लिम समाज की उन गतिविधियों की ओर से आंखें मूंद कर बैठे रहे, जिनसे वे भारत के हिंदू समाज की संख्या को कम करने का प्रयास कर रहे थे। उन हिंदू राजाओं की मूर्खता आज के हिंदू समाज को

भुगतनी पड़ रही है। यदि आज भी हम मुस्लिम समाज की 'वन्देमातरम्' का विरोध करने जैसी चल रही गतिविधियों की ओर से आंखें मूंद कर बैठ गए तो आने वाली पीढ़ियों को हमारे इस देश विरोधी आचरण का परिणाम भुगतना पड़ेगा। अतीत के अपने इस प्रकार के आचरण से हमें शिक्षा लेनी चाहिए और वर्तमान का सामना करना चाहिए।

ईसाई पादरी और भारतीय समाज

स्वामी जी महाराज ने सूफियों की वास्तविकता को भी लोगों के सामने लाकर रख दिया और उन्हें बताया कि उनके तथाकथित चमत्कार कुछ भी नहीं हैं। जिस प्रकार सूफियों ने हिंदू समाज का विनाश करने में किसी प्रकार की कमी नहीं छोड़ी है, उसी प्रकार ईसाई पादरियों के द्वारा भी हिंदू समाज का विनाश करने में किसी प्रकार से कमी नहीं छोड़ी गई है। वह निरंतर अपने इसी कार्य में आज भी लगे हुए हैं।

हिंदू संगठन की आवश्यकता पर बल देते हुए स्वामी जी महाराज ने लोगों को बताने का प्रयास किया कि छुआछूत जैसी बीमारी को समय रहते हमें समाप्त करना चाहिए। जिस प्रकार समाज में जातियों के आधार पर ऊंचनीच का वातावरण बनाया गया है , वह राष्ट्रहित में कदापि उचित नहीं है। स्वामी जी ने यह भी स्पष्ट किया कि वर्तमान सरकार सांप्रदायिक दंगों के समय पक्षपाती दृष्टिकोण अपनाती है। जिससे हिंदू समाज का अहित होता है। ऐसी स्थिति में हिंदू समाज के सामने नेतृत्व का संकट आता है। वर्तमान समय में हिंदू समाज को एकजुट होना चाहिए और अपने बिछुड़े हुए भाइयों को गले लगाने की उदारता भी दिखानी चाहिए। इसके साथ ही अपना राष्ट्रीय संगठन भी स्थापित करना चाहिए।

स्वामी जी ने जिस 'हिंदू संगठन' की आवश्यकता अब से लगभग १०० वर्ष पूर्व व्यक्त की थी, वह आज भी उतनी ही आवश्यक अनुभव हो रही है। हिंदू समाज आज भी नेतृत्वविहीन की स्थिति में है। 'वन्देमातरम्' विरोधी गैंग जितना अब से १०० वर्ष पूर्व सक्रिय था, उतना ही आज भी सक्रिय है। वह उस समय भी हिंदू समाज की आंखों में धूल झोंक रहा था और आज भी धूल झोंकने में किसी प्रकार की कमी नहीं छोड़ रहा है। हिंदुओं के बीच से ही निकल कर यदि कुछ लोग उस समय 'वन्देमातरम्' विरोधी गैंग का साथ दे रहे थे तो आज भी ऐसे लोगों की कमी नहीं है जो 'वन्देमातरम्' विरोधी गैंग का वैदिक धर्मी हिंदू होने के उपरांत भी साथ दे रहे हैं।

'वन्देमातरम्' की व्याख्या से अनभिज्ञ था मुस्लिम समाज

यद्यपि यह बात सही है कि मुस्लिम समाज प्रारंभ से ही गैर मुस्लिम लोगों के प्रति असहिष्णु रहा है, परंतु उसे कई बार उसके मुल्ला मौलवियों ने भारत की धार्मिक परंपराओं, रीति-रिवाजों के बारे में वास्तविक जानकारी भी नहीं दी।

यदि 'वन्देमातरम्' की बात करें तो इसके बारे में भी आम मुसलमान को कभी सही जानकारी नहीं दी गई। उसे ऊपरी तौर पर यह बताया गया कि इस गीत के अमुक - अमुक स्थल अथवा शब्द इस्लाम विरोधी हैं और इसलिए 'वन्देमातरम्' को इस्लाम में आस्था रखने वाले लोगों को नहीं गाना चाहिए।

सैयद अली इमाम ने मुस्लिम लीग के अधिवेशन में इसीलिए 'वन्देमातरम्' को सांप्रदायिक कहकर इसके विरुद्ध मुसलमानों को भड़काने का काम किया था। इसके पीछे वास्तविक कारण पर यदि हम विचार करें तो बात वही थी कि पीछे से मुस्लिम लीग और मुस्लिम नेताओं का ब्रिटिश सरकार से एक गठबंधन था कि जैसे भी हो भारत के राष्ट्रवादी आंदोलन की हवा निकालनी है। इसलिए सैयद अली इमाम जैसे लोग ब्रिटिश सरकार को लाभ पहुंचाने के लिए और भारतीय राष्ट्र को खंड-खंड करने के लिए इस प्रकार की बातें कर रहे थे। इन लोगों ने मुसलमानों को यह कहकर भड़काने का काम किया कि मुसलमान अल्लाह के अतिरिक्त अन्य किसी के सामने शीश नहीं झुकाते। भारत माता चाहे जो हो, वह अल्लाह की बराबरी कभी नहीं कर सकती।

इस प्रकार की विकृत मानसिकता ने भारतीय राष्ट्रवाद को आहत किया और जाने अनजाने देश को विभाजन की ओर बढ़ने के लिए विवश कर दिया।

डॉ. नित्यानंद जी " मुस्लिम तुष्टिकरण " नामक अपनी पुस्तक के पृष्ठ संख्या ६१ पर हमें बताते हैं कि १९२१ के विजयवाड़ा अधिवेशन के अवसर पर तिरंगे ध्वज (लाल ,हरा, सफेद) का जन्म हुआ और सभी कांग्रेसी अधिवेशनों के अवसर पर यह फहराया जाता रहा। १९३१ के कराची अधिवेशन के अवसर पर ध्वज के निर्धारण के लिए सात व्यक्तियों (पंडित नेहरू, सरदार पटेल, मौलाना आजाद, मास्टर तारा सिंह, डीपी कालेलकर, डॉ एनएस हर्डीकर और डॉक्टर पट्टाभिसीतारमैया) की समिति नियुक्त की गई। जिसने सुझाव दिया कि केसरिया ध्वज ही भारत का प्राचीन ऐतिहासिक ध्वज होने के कारण राष्ट्रीय ध्वज होने की पात्रता रखता है। इस समिति ने केसरिया ध्वज के धुर बाएं किनारे पर कत्थई रंग का चरखा अंकित करने का सुझाव भी दिया था। परंतु गांधी जी ने मुसलमानों तथा अन्य अल्पसंख्यकों को खुश करने के लिए हरी व सफेद पट्टियां जोड़ दीं।"

अध्याय-15

राष्ट्र का सांझा कार्यक्रम और वन्देमातरम्

भारत के अधिकांश मुसलमानों की भावनाओं का प्रतिनिधित्व करते हुए फेसबुक पर डॉ सलमान अरशद नाम के एक सज्जन " वन्देमातरम् और तौहीद : इतिहास, सियासत और आज की ज़रूरत" नामक शीर्षक से 'वन्देमातरम्' के विषय में लिखते हैं कि 'वन्देमातरम्' एक समय की हमारी आवश्यकता थी, परंतु आज यह हमारी आवश्यकता नहीं रहा है। पराधीनता के काल में राष्ट्रीय एकता की आवश्यकता थी, जिसे किसी सीमा तक 'वन्देमातरम्' मजबूत करता था। आज परिवर्तित परिस्थितियों और परिवर्तित संदर्भ में इसके साथ जुड़े रहना या इसको अपने साथ जोड़े रखना किसी भी दृष्टिकोण से उचित नहीं है।

हर मुस्लिम की भांति उनका मानना है कि " हर दौर की अपनी ज़रूरतें होती हैं, और उन ज़रूरतों को पूरा करने के लिए पैदा होने वाले विचार भी उसी दौर की उपज होते हैं। उनके साथ विकसित होने वाले औज़ार और प्रतीक भी अपने समय की ज़मीन से जुड़कर अर्थ पाते हैं। लेकिन यह ज़रूरी नहीं कि वही प्रतीक, वही विचार या वही औज़ार किसी दूसरे दौर में भी उतने ही मानीख़ेज़ या ज़रूरी बने रहें।"

'वन्देमातरम्' की वास्तविकता और मुस्लिम

ये लेखक महोदय इस बात को भूल जाते हैं कि सनातन एक प्रवाहमान सरिता है। इसके मूल्य हर काल में शाश्वत और सनातन होते हैं, अमिट होते हैं। कुछ चीजें निश्चित रूप से ऐसी होती हैं कि जो पानी के बुलबुले की भांति ऊपर आती हैं और अपने आप मिट जाती हैं। जहां तक 'वन्देमातरम्' की बात है तो यह सृष्टि के प्रारंभ में मातृभूमि की वंदना को लेकर वेद के माध्यम से प्रकट हुआ। निश्चित रूप से उस समय इसका नामकरण

'वन्देमातरम्' के रूप में नहीं हुआ था, परंतु वेद के 'पुरुष सूक्त' और 'भूमि सूक्त' में जिन वेदमंत्रों का विधान किया गया है, वे हमें अपनी मातृभूमि के प्रति समर्पित होने की शिक्षा देते हैं। 'वन्देमातरम्' का अभिप्राय मातृभूमि को उस परमपिता परमेश्वर के समतुल्य मानना नहीं है, जिसने इस सृष्टि की रचना की है। इसका अभिप्राय मात्र अपनी उस मातृभूमि के प्रति समर्पण व्यक्त करना है,जिसका दिया हम अन्न खाते हैं और जिस पर बहने वाली नदियों का पानी पीते हैं। जो हमारे सारे नाज नखरे उसी प्रकार झेलती है जिस प्रकार हमारी जननी हमारे नाज नखरे झेलती है।

हिंदू धार्मिक होता है सांप्रदायिक नहीं

कोई भी हिंदू सांप्रदायिक नहीं होता। उसे सांप्रदायिक वे लोग बनाते हैं जो स्वयं सांप्रदायिक होते हैं। भारत में लोग धार्मिक होते हैं और धार्मिक वह व्यक्ति होता है जो प्रत्येक व्यक्ति के दुख दर्द में सम्मिलित होना अपना नैतिक कर्तव्य मानता है। सांप्रदायिक होना अलग बात है और धार्मिक होना अलग बात है। धार्मिकता को आप सांप्रदायिकता के समतुल्य नहीं मान सकते। जब सांप्रदायिकता धार्मिकता को धमकाने लगती है, तब धार्मिक लोग अपनी धार्मिकता पर डटे रहने का प्रयास करते देखे जाते हैं। वे अपने अस्तित्व के लिए संघर्ष करते हैं। क्योंकि वह भली प्रकार यह जानते हैं कि यदि अस्तित्व के लिए संघर्ष नहीं किया जाएगा तो वह मिट जाएंगे। इसी को सांप्रदायिक लोग उन धार्मिक लोगों की सांप्रदायिकता कहने लगते हैं।

धर्मनिरपेक्षता के अलम्बरदार तुष्टिकरण का खेल खेलते हुए सांप्रदायिक लोगों की पीठ थपथपाकर धार्मिक लोगों को भी सांप्रदायिक लोगों के बराबर लाकर खड़ा कर देते हैं। इसी कारण जब कहीं सांप्रदायिक दंगे होते हैं तो इन्हीं धर्मनिरपेक्ष लोगों की मूर्खतापूर्ण नीतियों के कारण गलती करने वाले और गलती सहने वाले दोनों पक्षों को पुलिस उठाकर थाने में बंद कर देती है या दोनों पर समान धाराएं लगाकर केस दर्ज कर देती है। यह प्रक्रिया पूर्णतया गलत है। किसी भी ऐसी विषम परिस्थिति में गलती करने वाला कोई एक ही पक्ष होता है। यह भी ध्यान रखना चाहिए कि समाज में एक पक्ष शोषक होता है तो दूसरा शासित होता है। जैसे शोषक और शासित में मौलिक अंतर है, वैसे ही हिंदू और मुस्लिम में भी मौलिक अंतर है। जिसे हमें समझने की आवश्यकता है।

अरशद आगे लिखते हैं- "'वन्देमातरम्' भी इसी तरह का एक प्रतीक है। इसमें कोई शक नहीं कि आज़ादी के आंदोलन के दौरान यह गीत दीवानावार गाया गया। इस गीत ने अंग्रेज़ी हुकूमत के ख़िलाफ़ जद्दोजहद करने वालों को जोश, जुनून और कुर्बानी का हौसला

दिया। लेकिन सवाल यह है कि — क्या आज भी इस गीत की वही भूमिका, वही ज़रूरत या इस गीत में वही आत्मा मौजूद है?"

वन्देमातरम् की प्रासंगिकता

इस पर हमारा कहना है कि 'वन्देमातरम्' ने जहां देश विरोधी शक्तियों का सामना करने के लिए हमारे भीतर राष्ट्रीय एकता का भाव पराधीनता के काल में उत्पन्न करने का महत्वपूर्ण कार्य किया, वहीं आज भी इसकी प्रासंगिकता हमारे लिए निरंतर बनी हुई है। क्योंकि मां भारती के लिए जहां अंग्रेजों के शासनकाल में विभिन्न प्रकार के खतरा थे, उसी प्रकार के खतरे आज भी चारों ओर मंडरा रहे हैं। परिस्थितियों में थोड़ा-थोड़ा अंतर आया है। यदि उस समय गोरे अंग्रेज हम पर शासन कर भारत और भारतीयता की हत्या कर रहे थे, उन्हें मिटाने का हर संभव प्रयास कर रहे थे तो उनके जाने के पश्चात कुछ ' काले अंग्रेजों ' ने उनकी इस परंपरा को आगे बढ़ाने का कार्य निरंतर जारी रखा हुआ है। वेद के लिए उस समय भी संकट था, आज भी संकट है। उपनिषद, दर्शन,रामायण, महाभारत, गीता, आदि के लिए उस समय भी संकट था ,आज भी संकट है। भारतीय संस्कारों के लिए उस समय भी संकट था आज भी संकट है। भारतीय भाषा के लिए उस समय भी संकट था, आज भी संकट है। तब हमें 'वन्देमातरम्' बताता है कि हमारे लिए आज भी संघर्ष का काल है अर्थात अभी दूसरी स्वाधीनता मिलना शेष है और जिस दिन यह दूसरी स्वाधीनता हमको मिलेगी वास्तव में माना जाएगा कि हम उसी दिन स्वाधीन होंगे।

अपने अस्तित्व के लिए संघर्ष करना होगा

स्वभाषा, स्वसंस्कृति, स्वधर्म , स्वदेश, स्वराष्ट्र के लिए संघर्ष करना यदि हिंदू की सांप्रदायिकता है तो यह सांप्रदायिकता हिंदू समाज स्वीकार करता है। अपने अस्तित्व की रक्षा के लिए इस प्रकार के भाव प्रत्येक देशवासी के भीतर होने ही चाहिए। राष्ट्रवाद की इस पवित्र भावना को सांप्रदायिकता कहकर हिंदू को हीन करने का प्रयास किया जाता है। यदि भारत के मुसलमानों के लिए अपनी भाषा, अपना वेष, अपनी धार्मिक पुस्तक आदि पूजनीय हैं तो हिंदू समाज का भी अपना अधिकार है कि वह अपनी निजता, अपनी अस्मिता और अपनी पहचान को बनाए रखने के प्रति सचेत हो। यह नहीं हो सकता कि अपनी पहचान को मिटा कर दूसरे की पहचान ओढ़ ली जाए और निज अस्तित्व को ही संकट में डाल दिया जाए। 'वन्देमातरम्' हमें अपने अस्तित्व के लिए एकता के सूत्र में बांधने की क्षमता रखता है। इस गीत की प्रासंगिकता आज भी है। जिन लोगों को भारतीयता

से प्रेम नहीं है, भारत की सामाजिक एकता में जिनका विश्वास नहीं है और जो भारत के राष्ट्रीय स्वरूप को गंदला करने के प्रयासों में लगे रहते हैं, उनके लिए 'वन्देमातरम्' अछूत हो सकता है। वास्तव में 'वन्देमातरम्' को उनके द्वारा इस प्रकार अछूत मानना ही उनकी राष्ट्रभक्ति पर प्रश्नचिह्न लगाता है।

इस्लाम और वेद का एकेश्वरवाद

उपरोक्त लेखक का मानना है कि "आज़ादी के बाद इस गीत के अर्थ और उपयोग दोनों बदल गए। एक वक़्त आया जब मुस्लिम धार्मिक नेतृत्व ने इस गीत में छिपी" मातृभूमि की वंदना" को इस्लामी तौहीद के ख़िलाफ़ बताया। तौहीद का अर्थ है — अल्लाह के सिवा किसी और की इबादत न करना, किसी और को पूज्य या दैवी शक्ति के रूप में न मानना। इस लिहाज़ से वन्देमातरम् का वह हिस्सा, जिसमें मातृभूमि को देवी रूप में प्रणाम किया गया है, इस्लामी नज़रिए से इबादत का दायरा पार करता है। इसलिए इसे नकारा गया।"

इस्लाम के इस प्रकार के विचारों के बारे में हमें यह बताने में कोई संकोच नहीं कि तौहीद अर्थात एकेश्वरवाद का विचार इस्लाम ने भारत के वेद से लिया है अर्थात एकेश्वरवाद का विचार इस्लाम ने हमें दिया नहीं है, इसके विपरीत उसने हमसे लिया है। वेद का स्पष्ट मानना है कि परमपिता परमेश्वर तो ' एक' ही है। परंतु विप्र अर्थात विद्वान लोग उसे उसके गुण ,कर्म, स्वभाव के अनुसार अनेक नामों से पुकारते हैं। स्वामी दयानंद जी महाराज एकेश्वरवाद के वैदिक सिद्धांत को लागू करने पर बल देते थे। उन्होंने स्पष्ट किया था कि 'ओ३म' परमपिता परमेश्वर का निज नाम है। इसके उपरांत भी स्वामी जी महाराज ने " सत्यार्थ प्रकाश " के प्रथम समुल्लास में ईश्वर के सौ नामों की व्याख्या की है। जिन पर लेखक की भी एक पुस्तक काव्यात्मक शैली में डायमंड पॉकेट बुक्स द्वारा प्रकाशित की गई है। जिसका नाम " ईश्वर के 100 नामों की काव्यात्मक व्याख्या " है। इस्लाम सहित संसार के प्रत्येक मजहब के मानने वालों ने स्वामी दयानंद जी को पढ़ना भी सांप्रदायिक माना है। यदि ये लोग स्वामी जी की मान्यताओं को पढ़ें और समझें तो इनका वैदिक धर्म के बारे में पूर्वाग्रह समाप्त हो सकता है। माना कि भारतवर्ष में कुछ लोगों ने अज्ञानतावश और अविद्या अंधकार के कारण ईश्वर के अनेक नामों के अर्थ न समझकर अनेक ईश्वरों की कल्पना कर ली। परंतु यह वैदिक और सनातन सिद्धांत नहीं है। विकार प्रत्येक समाज में आना संभव है। इसलिए हिंदू समाज की इस प्रकार की मान्यताओं को मात्र विकार मानना चाहिए। वास्तविक स्वरूप में सारा सनातन एकेश्वरवाद पर आधारित है।

मातृभूमि की देवी रूप में वंदना

हम पूर्व में ही यह स्पष्ट कर चुके हैं कि मातृभूमि देवी इस रूप में है कि वह हमारा पालन पोषण वृद्धि और विकास करने में सहयोग करती है। जिसके भीतर हमें कुछ देने की क्षमता होती है - वही हमारे लिए देव बन जाता है। परंतु देव का अर्थ परमपिता परमेश्वर नहीं है। संसार में वह व्यक्ति भी हमारे लिए देव हो सकता है जो हमारे जीवन निर्माण में सहयोग कर रहा है। इस दृष्टि से माता-पिता और गुरु हमारे यहां पर चेतन देव के रूप में स्वीकार किए गए हैं। जबकि प्राकृतिक शक्तियों को जड़ देवता के रूप में स्थान दिया गया है। इन सब के प्रति कृतज्ञता ज्ञापित करना हम सबका कर्तव्य है।

इस्लाम को मानने वाले लोगों को वन्देमातरम् का सही अर्थ समझने के लिए भारत के सनातन मूल्यों के बारे में जानकारी लेनी होगी। जिसमें दुर्गा, लक्ष्मी और सरस्वती का विशेष सम्मान व्यक्त किया गया है। प्रचलित अर्थों में इसका अर्थ लेना अपनी अज्ञानता का प्रदर्शन करना है। दुर्गा राष्ट्र की क्षत्रिय शक्ति का नाम है , जो शस्त्रधारी होकर राष्ट्र की रक्षा करता है। इसलिए राष्ट्र की दुर्गा शक्ति के प्रति समर्पण करना राष्ट्रवासियों का दायित्व है। कर्तव्य है। दुर्गा शक्ति के प्रति समर्पण का अर्थ है कि हम क्षत्रिय लोगों का सम्मान करते हैं। जिनके बिना राष्ट्र रक्षित नहीं हो सकता। क्योंकि वे हमारे राष्ट्र की अपने शस्त्रों से रक्षा करते हैं। इसका अभिप्राय यह भी है कि हम निरंतर क्षत्रिय शक्ति का विस्तार और विकास करते रहेंगे, जिससे कि हमारा राष्ट्र सदैव सुरक्षित रहे। किसी की पूजा करने का अभिप्राय गुण - अभिनंदन ही नहीं है अपितु गुणवर्धन भी है। इसका अर्थ यह भी है कि हमारे युवा सोएंगे नहीं, वे निरंतर अपने राष्ट्र की रक्षा के लिए जागरूक रहेंगे।

"लक्ष्मी" राष्ट्र की वैश्य शक्ति का प्रतीक है अर्थात राष्ट्र के वैश्य समाज के लिए अर्थात उस समाज के लिए जो अन्न, धन उत्पन्न कर राष्ट्र रक्षा में अपना सहयोग करता है, कृतज्ञता ज्ञापित करना भी राष्ट्र वासियों का पवित्र कर्तव्य है। इसी प्रकार सरस्वती विद्यावान , विद्वान, तपस्वी, धार्मिक लोगों के लिए समझना चाहिए। ये लोग बौद्धिक बल से राष्ट्र की रक्षा करते हैं। उसकी उन्नति में सहायक होते हैं। इन तीन से अलग संसार में कोई चौथी ऐसी शक्ति नहीं है जो राष्ट्र की किसी प्रकार से सेवा करती हो। इन तीनों का विशेष महत्व है। इन्हीं को हम ब्राह्मण, क्षत्रिय और वैश्य कहते हैं। ब्राह्मण, क्षत्रिय और वैश्य का उल्लेख करके शूद्र वर्ण का उल्लेख न करने का अभिप्राय यह नहीं है कि उसका कोई योगदान राष्ट्र निर्माण में नहीं है। राष्ट्र निर्माण में उसका भी योगदान है और वह सेवाभाव से अपने राष्ट्र की रक्षा करता है। ब्राह्मण, क्षत्रिय और वैश्य उसके शत्रु नहीं हैं। इसके विपरीत

वे उसके अधिकारों के संरक्षक बनकर उसकी रक्षा करते हैं और उसे जीवन जीने के लिए समान अवसर प्रदान करते हैं। एक प्रकार से ये तीनों मिलकर शूद्र वर्ण के लिए उन्नति और विकास के अवसर उपलब्ध कराते हैं। यह भारत का सनातन स्वरूप है। इसे पौराणिक दृष्टिकोण से समझना मूर्खता है। क्योंकि पौराणिक दृष्टिकोण में कई प्रकार के दोष हो सकते हैं, परंतु वैदिक दृष्टिकोण में कोई दोष होना संभव नहीं है।

सनातन पर अनर्गल आरोप

सनातन के इन मूल्यों को सही स्वरूप में न तो स्थापित होने दिया गया और न ही इन्हें सही स्वरूप में लागू होने दिया गया। बस, केवल यह शोर मचाया गया कि हिंदू समाज में एक जाति दूसरी जाति का शोषण करती है। वेद की शिक्षाओं को उनके तात्विक स्वरूप में विद्यालयों में पढ़ाने से यह कहकर रोकने का प्रयास किया गया कि ये सारी मान्यताएं जंग लगी हुई व्यवस्था है। जिसका अब कोई औचित्य नहीं है। इसी बात को घुमा फिरा कर फेसबुक पर उपरोक्त लेखक कह रहे हैं। यह उनकी अकेले की मान्यता नहीं है, उनका लेख उन अनेक लोगों की सामूहिक मान्यता को स्पष्ट करता है जो सनातन के बारे में इसी प्रकार की सोच रखते हैं।

उपरोक्त लेखक आगे लिखते हैं कि " इसकी प्रतिक्रिया में हिन्दू साम्प्रदायिक ताक़तों ने इस गीत को जैसे अपनी धार्मिक पहचान का प्रतीक बना लिया। उन्होंने इसे "राष्ट्रीय निष्ठा" का पैमाना ठहरा दिया — यानी जो वन्देमातरम् नहीं कहेगा, वह देशद्रोही है।"

हम पूर्व में ही है स्पष्ट कर चुके हैं कि अपने राष्ट्र के मूल्यों के प्रति समर्पित रहना और उन्हें अपनी पहचान के साथ जोड़ना यदि सांप्रदायिकता है तो हिंदू समाज को यह सांप्रदायिकता स्वीकार है। हमारे यहां पर ' शब्द ब्रह्म ' माना गया है। शब्द में ब्रह्म की शक्ति होती है। वह विधेयात्मक होता है। शब्द निर्माणात्मक और सृजनात्मक होता है। उसकी इन शक्तियों का बहुत महत्वपूर्ण प्रभाव होता है। जिन्हें नकारा नहीं जा सकता। 'वन्देमातरम्' ने हमारे भीतर जिन शक्तियों का संचार किया उन शक्तियों को हम शाश्वत सनातन मानकर सहेजना चाहते हैं। जिससे हमारे राष्ट्र के विखंडन की योजना बनाने वाली शक्तियों का स्वयं का ही विखंडन होता रहे। यह नहीं चल सकता कि हिंदू समाज को इस्लाम या ईसाई मत को मानने वाले लोग जाति, भाषा के आधार पर तोड़ने का कार्य करते रहें और हम शांत रहें। यदि उनकी सोच आज भी भारतीय राष्ट्र का विखंडन करने की है तो हमारी सोच अपनी राष्ट्रीय एकता को बनाए रखने की होनी ही चाहिए। यदि इस सोच को 'वन्देमातरम्' मजबूत करने में काम आ सकता है तो हमें इसे अपने राष्ट्र का एक संस्कार बना लेना चाहिए। यदि इस्लाम और ईसाई मत को मानने वाले लोग अपनी विखंडनात्मक (इसी

को उनका देशद्रोह मानना चाहिए) सोच से बाज नहीं आ रहे हैं अर्थात वे हिंदू समाज को तोड़कर या कमजोर करके मिटा देने की गतिविधियों में निरंतर लगे हुए हैं तो हिंदू समाज को सावधान रहना ही होगा। यदि उनमें बदलाव नहीं है तो हिंदू समाज में कौन से बदलाव की अपेक्षा की जा रही है?

भारत में राष्ट्र, राष्ट्रवाद और राष्ट्रीयता

अरशद आगे लिखते हैं "हालाँकि इतिहास का सच यह है कि हिन्दू सम्प्रदायिक समूह ने इस गीत से कोई प्रेरणा लेकर आज़ादी की लड़ाई नहीं लड़ी। अगर कुछ मुसलमानों ने इसे तौहीद के ख़िलाफ़ बताकर इसका विरोध न किया होता, तो सम्भव है कि हिन्दू संगठन भी इसे बहुत पहले भूल चुके होते।"

लेखक की यह मान्यता उसकी इतिहास संबंधी अज्ञानता को प्रकट करती है। यह कुछ उसी प्रकार से है जिस प्रकार यह कह दिया जाता है कि भारत में तो राष्ट्र, राष्ट्रवाद और राष्ट्रीयता का विचार कभी रहा ही नहीं है। जबकि भारत ही वह देश है- जिसने राष्ट्र, राष्ट्रीय और राष्ट्रवाद का चिंतन सारे विश्व को दिया है। संसार को लोकतंत्र का विचार भारत ने दिया है। लोकतंत्र के सिद्धांतों की रक्षा भारत ने की है। अरशद जैसे लोगों को यह बात ध्यान रखनी चाहिए कि इस्लाम ने संसार को कट्टरता के अतिरिक्त कुछ नहीं दिया। उसने रक्तपात किया है और रक्तपात कर करोड़ों लोगों की हत्याएं की हैं। जबकि हिंदू समाज ने राष्ट्रवाद के वास्तविक प्रसारक के रूप में प्राचीन काल से ही संसार को सृजनात्मक विचारों से सिंचित किया है।

'वन्देमातरम्' को गाकर हमारे यहां पर हजारों-लाखों स्वतंत्रता सेनानियों ने अपना बलिदान दिया है। बड़े-बड़े जुलूसों में इसका सामूहिक गान और इसका जयघोष लोगों में उत्साह का संचार करता था। जिन लोगों ने इस गीत का विरोध किया था, वे तौहीद (राष्ट्र के संबंध में ' एक राष्ट्र') में विश्वास रखने वाले न होकर द्विराष्ट्रवाद (बहुदेवतावादी अथवा एक से अधिक राष्ट्र मानने वाले) के समर्थक थे। अंग्रेजों की फूट डालो और राज करो की नीति का वे जानबूझकर शिकार बने थे। क्योंकि 'वन्देमातरम्' का विरोध करने वाले मुसलमानों का उद्देश्य अपने लिए एक अलग राष्ट्र की मांग करना था। जिसे वह अंग्रेजों के सहयोग से प्राप्त कर लेना चाहते थे।

वन्देमातरम् का ऐतिहासिक महत्व

डॉ. अरशद का कहना है कि "आज यह गीत अपने ऐतिहासिक संदर्भ से कटकर सिर्फ़ सियासी हथियार बन गया है। अब इसे राष्ट्रीय एकता या प्रेरणा के प्रतीक के रूप में नहीं,

बल्कि पहचान की लड़ाई के औज़ार की तरह इस्तेमाल किया जा रहा है। जो लोग इसे गाने पर ज़ोर देते हैं, वे दरअसल इसे " हम बनाम वे " की रेखा खींचने के लिए इस्तेमाल करते हैं।"

हमारा मानना है कि यह गीत हमारे लिए जितना ऐतिहासिक संदर्भ में आवश्यक और प्रेरणास्पद है, उतना ही हमारे लिए वर्तमान समय में राजनीति के लिए इसका प्रेरक तत्व हो जाना भी आवश्यक है। जो लोग धर्मनिरपेक्षता के नाम पर हिंदू विरोध की बात करते हैं अथवा इस प्रकार की राजनीति करते हैं, वास्तव में वही लोग भारत विरोधी होते हैं।

हिंदू विरोध का अभिप्राय राष्ट्र विरोध से है। क्योंकि हिंदुत्व अपने आप में एक जीवन शैली है। यह हमारे राष्ट्रवाद की अभिव्यक्ति है, जैसा कि महाराष्ट्र के पूर्व चीफ जस्टिस मोहम्मद करीम छागला ने इसके बारे में स्पष्ट किया था। यहां तक कि मोहम्मद इकबाल भी" हिंदी हैं हम वतन हैं, हिंदुस्तान हमारा " में "हिंदी" का अभिप्राय हिंदुस्तान के रहने वाले लोगों से लेते हैं। अरब में आज तक भी लोग हिंदुस्तान से जाने वाले मुसलमानों को "हिंदी" कहकर बुलाते हैं। यह हिंदुत्व अर्थात वैदिक सत्य सनातन धर्म की शैली ही है , जो प्रत्येक मुसलमान को उसके धार्मिक अधिकार प्रदान कर सकती है। इस्लाम की " शरीयत " ऐसा कदापि नहीं कर सकती कि वह लागू हो जाए और लागू होने के उपरांत भी हिंदुओं को उनके धार्मिक अधिकार प्रदान करने की उदारता दिखा सके। 'वन्देमातरम्' अपने आप में हिंदुत्व की जीवन शैली का उद्घोषक और प्रेरक नारा है। जिसे न केवल राष्ट्र को स्वीकार करना चाहिए बल्कि राजनीति को भी स्वीकार करना चाहिए। 'वन्देमातरम्' हमको वास्तविक सेकुलर बनाता है।

अंत में अपना निष्कर्ष निकालते हुए डॉ अरशद लिखते हैं कि " इसलिए सवाल यह नहीं कि वन्देमातरम् को गाया जाए या नहीं — बल्कि यह है कि क्या आज इस गीत की वैसी कोई भूमिका बची है जैसी एक सदी पहले थी? मेरे विचार में, इस गीत का ऐतिहासिक महत्व अपनी जगह कायम है, लेकिन आज के दौर में इसकी वर्तमान भूमिका या ज़रूरत नहीं रह गई है। अब इसका ज़िक्र, इसका गायन, और इसके इर्दगिर्द की बहसें ज़्यादातर साम्प्रदायिक उपयोगिता से प्रेरित हैं, न कि किसी राष्ट्रीय भावना या इंसानी एकता से।"

कितनी मिठास के साथ डॉ अरशद ने वर्तमान संदर्भ में वन्देमातरम् की भूमिका को नकार दिया है? यही वह मिठास है जो हिंदुओं को अक्सर पीने के लिए दी जाती रहती है। धर्मनिरपेक्षता के नाम पर उन पर दबाव बनाया जाता है कि इसे स्वीकार कर लिया जाए। एक शताब्दी पहले भी इसी मिठास के साथ वन्देमातरम् का विरोध हो रहा था और आज भी इसी प्रकार की बातें करके वन्देमातरम् को नकारने का प्रयास किया जा रहा है। डॉ

अरशद भारत की धार्मिक मान्यताओं से अनभिज्ञ हैं। वे धार्मिकता को ही सांप्रदायिकता मानते हैं। इसलिए उनको वन्देमातरम् में सांप्रदायिकता दिखाई देती है।

वर्तमान में हमको आंखें खोल कर चलने की आवश्यकता है। किसी का अहित नहीं होना चाहिए, यह अपनी जगह पर है परन्तु कोई राष्ट्र का ही अहित करने की ठान ले यह भी नहीं हो सकता। निश्चित रूप से राष्ट्र का निर्माण सामूहिक भावनाओं के सम्मान से होता है तो इसका अभिप्राय यह नहीं है कि बहुसंख्यक समाज की मान्यताओं को कूड़ेदान में फेंक दिया जाए और उन थोथी और खोखली मान्यताओं को स्थापित कर लिया जाए, जिनसे राष्ट्र विघटित होता है। राष्ट्र के संचालन के लिए हमें अपना कॉमन मिनिमम एजेंडा अर्थात सामूहिक सांझा कार्यक्रम तैयार करना ही पड़ेगा और उसमें वन्देमातरम् की भूमिका निश्चित रूप से सराहनीय हो सकती है।

अध्याय-16

...और राष्ट्रगीत बन गया 'वन्देमातरम्'

'वन्देमातरम्' के बारे में हमको जानबूझकर भ्रमित करने का प्रयास किया गया है कि इस पर विदेशी विद्वानों के विचारों का प्रभाव पड़ा है। हमको बताया गया है कि यूरोपियन राष्ट्रवाद ने हमारे राष्ट्रगीत 'वन्देमातरम्' को बहुत अधिक प्रभावित किया है। बताया गया है कि इटली में हम देखते हैं कि वहां पर मदर इटली की कल्पना की गई है। इस प्रकार के विचारों का प्रभाव हमारे राष्ट्रवाद पर पड़ा। जिससे 'वन्देमातरम्' की रचना हुई।

जिन लोगों ने इस प्रकार का भ्रम फैलाने का कार्य किया है हम उनसे रंच मात्र भी सहमत नहीं हैं। हम पूर्व में ही स्पष्ट कर चुके हैं कि भारत प्राचीन काल से मातृभूमि की वंदना करने वाला राष्ट्र रहा है। जब इटली या यूरोप के अन्य देश सभ्यता और संस्कृति का क, ख , ग नहीं जानते थे, अथवा कहिए कि जब उनका अस्तित्व भी नहीं था तब हम विभिन्न क्षेत्रों में विश्व का मार्गदर्शन कर रहे थे। वस्तुत: इस प्रकार का भ्रम केवल इसलिए फैलाया गया है कि भारत अपने गौरवपूर्ण अतीत से अपने आप को जोड़ न पाए और उसे यह आभास न होने पाए कि उसके पास राष्ट्रीय चिंतन का कितना ऊंचा स्तर है? कांग्रेस ने विदेशी विद्वानों के इस प्रकार के दुष्प्रचार का पूर्णतया समर्थन किया। इसका कारण यह था कि इसके नेता महात्मा गांधी जी और नेहरू जी स्वयं भारत की मेधा शक्ति के नहीं अपितु यूरोप की बौद्धिक शक्ति के उपासक थे। उन्हें लगता था कि हमें यूरोप का और विशेष रूप से अंग्रेजों का इस बात के लिए ऋणी होना चाहिए कि उन्होंने हमें सभ्यता सिखाई,लोकतंत्र के संस्कार दिए और मौलिक अधिकारों से भी हमारा परिचय कराया।

मोहम्मद अली जिन्ना की घोषणा

१५ अक्टूबर, १९३७ को मोहम्मद अली जिन्ना ने लखनऊ में भाषण देते हुए यह स्पष्ट किया था कि उनकी पार्टी मुस्लिम लीग 'वन्देमातरम्' के साथ कोई समझौता नहीं

करेगी और न ही उसे कभी किसी कार्यक्रम में गाएगी। मोहम्मद अली जिन्ना (जो कि मूल रूप में हिंदू था) देश के विभाजन के लिए काम कर रहा था। उसकी सोच में विखंडन था। भारत को बाहर से आने वाले मुसलमानों से कहीं अधिक उन मुसलमानों ने अधिक कष्ट दिया है जो कभी मूल रूप में हिंदू थे और कालांतर में वे मुस्लिम हो गए थे। मोहम्मद अली जिन्ना भी इसका अपवाद नहीं था। जिन्ना की इस विखंडनवादी सोच का कारण था उसे ब्रिटिश सरकार का पूर्ण समर्थन प्राप्त होना। ब्रिटिश सरकार पहले से ही इस बात का प्रयास कर रही थी कि जैसे भी हो हिंदुओं को स्वाधीनता आंदोलन में अकेला खड़ा किया जाए। इसके लिए उन्होंने बड़ी सावधानी से मुसलमानों और मुस्लिम लीग को अपनी गोद में ले लिया था। जब देश के राष्ट्रवादी क्रांतिकारी 'वन्देमातरम्' गाने से बाज नहीं आ रहे थे, तब ब्रिटिश सरकार ने मुसलमानों को इस बात के लिए उकसाना आरंभ किया कि तुम कहो कि 'वन्देमातरम्' उनकी धार्मिक भावनाओं को आहत करता है। इसलिए वे उसे नहीं गाएंगे। अंग्रेजों का तीर सही निशाने पर लगा था। सोची समझी नीति के अंतर्गत मुस्लिम लीग के नेताओं ने इस बात का दुष्प्रचार करना आरंभ किया कि 'वन्देमातरम्' उनकी धार्मिक भावनाओं को आहत करता है। इसलिए वे या कोई भी मुस्लिम इसको नहीं गाएगा। वास्तव में मुस्लिम लीग के नेता यह बात भली प्रकार जानते थे कि मुसलमानों की धार्मिक भावनाओं को उकसा कर वे अपना उल्लू सहजता से सीधा कर सकते हैं। यही कारण था कि उन्होंने 'वन्देमातरम्' को धार्मिक भावनाओं के साथ जोड़ दिया। इससे उनकी और अंग्रेजों की चाल को सिरे चढ़ाने में उन्हें सफलता प्राप्त हो गई।

नेहरू जी ने किया आत्मसमर्पण

अंग्रेजों के साथ अपनी इसी प्रकार की मिली भगत पर काम करते हुए जब मोहम्मद अली जिन्ना ने लखनऊ की एक सभा में भाषण देते हुए यह स्पष्ट किया कि वे 'वन्देमातरम्' को नहीं गाएंगे तो दिल्ली में बैठे नेहरू जी की बेचैनी बढ़ गई। उन्होंने मोहम्मद अली जिन्ना की इस प्रकार की विखंडनकारी सोच का सही प्रति उत्तर न देते हुए नेताजी सुभाष चंद्र बोस से बातचीत की और उनसे कहा कि कांग्रेस कि आगामी बैठक के समय 'वन्देमातरम्' की समीक्षा की जाए। नेहरू जी ने इसी आशय का एक वक्तव्य भी जारी कर दिया। इस बात से स्पष्ट हो गया कि नेहरू जी ने मोहम्मद अली जिन्ना की एक धमकी के सामने ही आत्मसमर्पण कर दिया।

अभी 'वन्देमातरम्' की १५० वीं जयंती के अवसर पर जब भारत की संसद में इस गीत को लेकर विशेष चर्चा की गई तो प्रधानमंत्री श्री मोदी ने कहा कि '१९३७ में 'वन्देमातरम्'

को तोड़ दिया गया था। उसके टुकडे किए गए थे। वन्देमातरम् के इस विभाजन ने देश के विभाजन के बीज भी बो दिए थे। राष्ट्र-निर्माण के इस महामंत्र के साथ यह अन्याय क्यों हुआ? यह आज की पीढ़ी को जानना जरूरी है। क्योंकि वही विभाजनकारी सोच आज भी देश के लिए एक बड़ी चुनौती बनी हुई है। '

बीजेपी नेता अमित मालवीय ने बहस में भाग लेते हुए कहा कि यह आवश्यक हो गया है कि हमारी नई पीढ़ी जाने कि किस तरह कांग्रेस पार्टी ने पंडित नेहरू की अध्यक्षता में अपने मजहबी एजेंडे को बढ़ावा देते हुए १९३७ के फ़ैज़पुर अधिवेशन में केवल कटे-छंटे 'वन्देमातरम्' को ही अपनी कांग्रेस पार्टी का राष्ट्रगीत बनाया था? "

नेहरू जी का पूर्वाग्रह

भारतीय राष्ट्रीय कांग्रेस ने १९३७ के अक्टूबर के अंत में हुई अपनी बैठक में धार्मिक तनाव बढ़ने का बहाना बनाकर 'वन्देमातरम्' के पहले दो पदों को स्वीकार किया। शेष पदों को काट दिया गया। नेहरू जी ने 'वन्देमातरम्' को लेकर स्वयं यह कहा था कि वह इस गीत को समझने के लिए स्वयं शब्दकोश का सहारा लेते हैं। इस प्रकार नेहरू जी 'वन्देमातरम्' के प्रति पूर्वाग्रह ग्रस्त थे। वैसे भी उन्हें अपने राजनीतिक गुरु महात्मा गांधी जी की तर्ज पर काम करते हुए मुस्लिम तुष्टिकरण में विशेष रूचि थी। यही कारण रहा कि उन्होंने वन्देमातरम् को काटना स्वीकार कर लिया। जिसकी अंतिम परिणति देश के विभाजन के रूप में देखने को मिली। यदि नेहरू जी, गांधी जी और उनकी कांग्रेस १९३७ में जिन्ना को 'वन्देमातरम्' न गाए जाने की धमकी देने के प्रश्न पर कठोर भाषा में अपना प्रति उत्तर प्रेषित करते तो मोहम्मद अली जिन्ना जिस दिशा में खतरनाक ढंग से बढ़ता जा रहा था, उसे रोका जा सकता था। नेहरू जी यदि भारतीयता के उपासक होते तो निश्चित रूप से वह जिन्ना को उसकी गलती का आभास कराते और उसे बताते कि 'वन्देमातरम्' हमारी भारतीयता का संवाहक है।

१९३७ के बाद से परिस्थितियां तेजी से कांग्रेस के हाथों से निकलने लगी थीं। इसका कारण केवल यही था कि गांधी जी, नेहरु जी और कांग्रेस के द्वारा मुस्लिम सांप्रदायिकता के समक्ष हथियार डाल दिए गए थे। अंग्रेजों ने धीरे-धीरे ऐसी परिस्थितियां बना दी थीं कि क्रांतिकारी आंदोलन को उसने एक ओर कर दिया। सत्ता की सबसे बड़ी दावेदार के रूप में अंग्रेजों ने कांग्रेस और मुस्लिम लीग को तैयार किया। स्पष्ट था कि कांग्रेस को विभाजन के पश्चात भारत का नेतृत्व मिलना था और मुस्लिम लीग को पाकिस्तान का नेतृत्व मिलना था। सब कुछ एक प्रायोजित कार्यक्रम के अंतर्गत घटित होता जा रहा था। मोहरे तलाश

कर लिए गए थे। चेहरे तैयार कर लिए गए थे। इन मोहरों और चेहरों की ओट में अंग्रेजों ने अपने आप को सुरक्षित भी कर लिया था। अब कांग्रेस के नेताओं का ध्यान देश की स्वाधीनता की ओर कम और मिलने वाली स्वाधीनता के पश्चात सत्ता की मलाई चखने की ओर अधिक हो गया था। विशेष रूप से नेहरू जी का तो पूरा ध्यान ही सत्ता पर केंद्रित हो गया था। उनकी केवल एक इच्छा थी कि जितना शीघ्र हो सके उतनी शीघ्रता से देश स्वतंत्र हो जाए। इसके बदले यदि देश का विभाजन स्वीकार करते हुए मुसलमानों को पाकिस्तान देना पड़े तो भी उन्हें स्वीकार था। देश की स्वतंत्रता से उनका केवल एक स्वार्थ रह गया था कि जैसे ही देश स्वाधीन हो तुरंत उन्हें प्रधानमंत्री बनाया जाए। स्वाधीन भारत के पहले प्रधानमंत्री बनने की उन्हें ललक थी। इसके लिए चाहे उन्हें 'वन्देमातरम्' को विदा कहना पड़े, तोड़ना पड़े, छोड़ना पड़े या कोई और इसी प्रकार का आचरण करना पड़े- वह सब कुछ करने के लिए तत्पर थे।

कांग्रेस वन्देमातरम् से हो गई थी दूर

१५ अगस्त, १९४७ को देश स्वाधीन हुआ। उससे पहले से ही कांग्रेस 'वन्देमातरम्' से पल्ला झाड़ चुकी थी। सांप्रदायिक आधार पर देश का विभाजन हुआ तो कांग्रेस के समक्ष 'वन्देमातरम्' को अपनाने का एक बार फिर एक अवसर आकर उपस्थित हुआ। इस समय भी कांग्रेस के नेता यदि अपने किए हुए पर पश्चाताप कर लेते और देश के समक्ष इतना कहने का साहस कर लेते कि अतीत में जो गलतियां हमसे हुईं, उनके लिए हम हृदय से पश्चाताप करते हैं। यह हमारी भूल रही कि हमने मुस्लिम नेताओं से हृदय परिवर्तन की अपेक्षा की। हम यह स्वीकार करते हैं कि हमारा इस प्रकार का आचरण चील के घोंसले में मांस ढूंढने जैसा ही सिद्ध हुआ। अब जबकि मुसलमानों को अपना मनचाहा देश मिल गया है अर्थात अंग्रेजों से की गई अपनी गुप्त संधि के अनुसार अपना ' सर्वोत्तम पुरस्कार ' मुस्लिम लीग और मुस्लिम नेताओं को प्राप्त हो गया है तो अब हम अपने राष्ट्र को 'हिंदू राष्ट्र' बनाने के लिए संकल्पित होते हैं और देश के लोगों को विश्वास दिलाते हैं कि भविष्य में इस प्रकार की मुस्लिम तुष्टिकरण की राष्ट्रघाती नीति को कभी भूलकर भी नहीं अपनाएंगे।

इसे देश का दुर्भाग्य ही माना जाना चाहिए कि कांग्रेस ने इसके उपरांत भी की गई अपनी गलतियों से कोई शिक्षा नहीं ली। जब देश स्वाधीन हुआ और देश के पहले प्रधानमंत्री के रूप में पंडित जवाहरलाल नेहरू ने राष्ट्र को संबोधित किया तो उन्होंने अपने पहले भाषण में ही यह स्पष्ट कर दिया कि कांग्रेस अतीत में की गई अपनी गलतियों से कोई शिक्षा लेने के लिए तैयार नहीं है। उन्होंने देशवासियों को इस प्रकार का भी आभास कराया

कि हम हर परिस्थिति में ठीक थे और देश का विभाजन करने में हमारी किसी नीति का कोई योगदान नहीं है। जो कुछ हुआ है- वह हिंदू सांप्रदायिकता के कारण हुआ है।

'वन्देमातरम्' को कर दिया उपेक्षित

स्वाधीन भारत में जब राष्ट्रगान के चयन करने के निर्णायक क्षण आए तो कांग्रेस ने बंकिम चंद्र चटर्जी के राष्ट्रवादी चिंतन से ओतप्रोत 'वन्देमातरम्' गीत को एक बार फिर उपेक्षित कर दिया। कांग्रेस के नेताओं ने मुस्लिम तुष्टिकरण की अपनी परंपरागत नीति को त्यागा नहीं। नेहरू जी ने देश का प्रधानमंत्री पद हथियाने में सफलता प्राप्त की। जिसमें उन्हें अंग्रेजों का भी पूरा समर्थन प्राप्त हुआ। लॉर्ड माउंटबेटन और उनकी धर्मपत्नी एडविना माउंटबेटन ने नेहरू जी से एक प्रकार से यह वचन ले लिया कि वह अपनी मुस्लिम तुष्टिकरण की नीति से पीछे नहीं हटेंगे। इसके लिए उन्हें चाहे जो कुछ करना पड़े, वह करेंगे। इस प्रकार ब्रिटिश सरकार ने भारत से अपना बोरिया बिस्तर समेटने से पहले यह सुनिश्चित कर लिया कि वह अपनी 'फूट डालो और राज करो' की नीति को स्वतंत्र भारत में भी यथावत जारी रखने का पूरा प्रबंध कर चुकी है। नेहरू के रूप में उन्हें अपने हितों को साधने के लिए एक 'अच्छा प्रधानमंत्री' मिल गया था।

नेहरू जी ने अपने लिए सबसे बड़ा पुरस्कार प्रधानमंत्री का पद प्राप्त कर लिया था। जिससे वह बहुत अधिक प्रफुल्लित थे। इसलिए उन्होंने 'वन्देमातरम्' के स्थान पर जन-गण-मन को राष्ट्रगान बनाने पर बल दिया और इस में उन्हें सफलता भी प्राप्त हुई। वह अपने आका अंग्रेजों को यह स्पष्ट कर देना चाहते थे कि उनके हृदय में ब्रिटिश सरकार के प्रति आज भी श्रद्धा का भाव है। क्योंकि वह उसी गीत को देश का राष्ट्रगान बनाने जा रहे हैं जो कभी जॉर्ज पंचम की अगवानी के समय कांग्रेस ने ब्रिटिश सम्राट के सम्मान में बहुत ही श्रद्धा भाव के साथ गाया था। यद्यपि दिखाने के लिए इस समय भी यह कहा गया कि कुछ मुस्लिम नेता 'वन्देमातरम्' का विरोध कर रहे हैं और उनके विरोध के दृष्टिगत 'वन्देमातरम्' के स्थान पर जन-गण-मन को देश का राष्ट्रगान बनाया जाना उचित होगा। यदि इस बात को भी सच मान लिया जाए तो इसमें भी कांग्रेस का मुस्लिम तुष्टिकरण का पुराना खेल ही दिखाई देता है।

नेहरूजी ने करवा दी कांट छांट

१९३७ में कांग्रेस ने अपने अधिवेशन में 'वन्देमातरम्' विवाद पर गहन चिंतन मंथन करने के उपरांत जवाहरलाल नेहरू की अध्यक्षता में एक कमेटी गठित की थी। स्पष्ट है

कि यह कमेटी वन्देमातरम् के विरोध में ही अपनी संस्तुति देने वाली थी। क्योंकि नेहरू जी प्रारंभ से ही वन्देमातरम् के विरोधी थे। उन्होंने बैठक से पूर्व ही यह स्पष्ट कर दिया था कि हम 'वन्देमातरम्' में कुछ काट छांट करना चाहते हैं। यह वही नेहरू जी थे जिन्होंने प्रधानमंत्री बनने के पश्चात सबसे पहले ' भारत रत्न' अपने आप ले लिया था। अपने आप ही वे ' भारत रत्न' की परंपरा आरंभ करने वाले व्यक्ति थे और अपने आप ही पहले ' भारत रत्न' बन गए थे। अपनी इसी कार्य शैली का परिचय उन्होंने 'वन्देमातरम्' में की जाने वाली काटछांट को लेकर दिया था। पहले 'वन्देमातरम्' का विरोध किया और फिर 'वन्देमातरम्' में कुछ परिवर्तन हो या न हो इसके लिए गठित कमेटी के अपने आप ही अध्यक्ष बन गए। जिससे यह सुनिश्चित हो गया कि 'वन्देमातरम्' नेहरू जी के द्वारा बलि का बकरा बनने जा रहा है। इस कमेटी में उन्होंने अपने प्रिय मित्र मौलाना अबुल कलाम आजाद को भी रख लिया था। जिससे कि कार्य और भी अधिक सरल हो जाए। मौलाना अबुल कलाम आजाद को भी इस कमेटी में रखकर नेहरू जी ने यह भी सुनिश्चित कर लिया था कि यदि किसी भी प्रकार का कोई विरोध हो तो भी उनका पक्ष मजबूत रहना चाहिए। कुल मिलाकर 'वन्देमातरम्' में परिवर्तन करना नेहरू का पूर्वाग्रह बन गया था और इसमें वह अंत में पूर्णतया सफल हो गए।

अब जो नेहरू जी १९३७ में देश के राष्ट्रवादी गीत 'वन्देमातरम्' में मनचाहा संशोधन कर सकते थे, वे प्रधानमंत्री बनने के पश्चात उसके बारे में क्या विचार रख सकते हैं? इसे सहज ही समझा जा सकता है।

जिस प्रकार नेहरू जी ने तत्कालीन भारत के प्रान्तों के कुल १५ मतों में से दो मत प्राप्त करके भी १२ मत प्राप्त करने वाले सरदार वल्लभभाई पटेल को प्रधानमंत्री पद की दावेदारी से पीछे धकेलकर देश का प्रधानमंत्री पद हथियाने में सफलता प्राप्त की थी, उसी प्रकार लोगों का मत जाने बिना उन्होंने अपनी इच्छा से वन्देमातरम् को पीछे धकेल कर 'जन-गण-मन' को राष्ट्रगान बना दिया। यदि लोगों की इच्छा का सम्मान किया जाता तो निश्चित रूप से 'वन्देमातरम्' ही उस समय हमारा राष्ट्रगान बनना था। नेहरू जी ने अपने प्रधानमंत्री बनने में तानाशाही दिखाई और ' वोट चोरी' करके अपने आप को देश का प्रधानमंत्री बनवाया। इसी प्रकार उन्होंने ' वोट चोरी' करके ही अर्थात देश की सामान्य इच्छा को उपेक्षित करते हुए वन्देमातरम् को देश का राष्ट्रगान नहीं बनने दिया। उनके पास तर्क वही था कि यदि 'वन्देमातरम्' को राष्ट्रगान बनाया जाएगा तो कुछ मुसलमानों का ' दिल टूट जाएगा।' मुसलमानों का दिल उनके लिए बहुत महत्वपूर्ण था। हिंदुस्तान का दिल चाहे हजार बार टूट जाए परंतु किसी मुस्लिम का दिल नहीं टूटना चाहिए था। नेहरू जी की इसी सोच के कारण 'वन्देमातरम्' राष्ट्रगान बनने से पीछे रह गया।

उन दिनों देश की संविधान सभा अपना कार्य कर रही थी अर्थात स्वतंत्र भारत का संविधान अपने निर्माण काल में था। २६ जनवरी १९५० से हमारे संविधान को लागू किया गया था। हम सभी जानते हैं कि देश का संविधान २६ नवंबर १९४९ को बनकर तैयार हो गया था। २६ जनवरी १९५० से सही दो दिन पहले अर्थात २४ जनवरी १९५० को 'वन्देमातरम्' को राष्ट्रगीत के रूप में अपनाने संबंधी वक्तव्य को डॉ राजेंद्र प्रसाद ने संविधान सभा में पढ़ा था। जिसके माध्यम से वन्देमातरम् को स्वतंत्र भारत का राष्ट्रगीत बनाया गया था।

इस संबंध में यह बात आज तक स्पष्ट नहीं है कि जब हमारा संविधान २६ नवंबर १९४९ को बनकर तैयार हो गया था तो २४ जनवरी १९५० को इसमें नेहरू जी ने बिना संवैधानिक संशोधन लाए कैसे एक नया प्राविधान लागू कर दिया कि हमारे देश का राष्ट्रगीत 'वन्देमातरम्' होगा? जो संविधान पहले ही तैयार हो गया था , उस संविधान में नया प्राविधान लाना क्या संविधान सभा की उस मूल भावना के विरुद्ध किया गया खिलवाड़ नहीं था, जिसे वह लगभग दो माह पहले ही बनाकर तैयार करके राष्ट्र को दे चुकी थी? यदि इसे देश का राष्ट्रगीत बनाना ही था तो जिस समय संविधान की धाराओं का वाचन चल रहा था, नेहरू जी उस समय संविधान सभा के समक्ष 'वन्देमातरम्' के संबंध में अपने विचारों को अभिव्यक्ति देने से पीछे क्यों हटे? क्या नेहरू जी को यह डर सता रहा था कि यदि संविधान सभा के समक्ष वन्देमातरम् को राष्ट्रगान बनाने या न बनाने का प्रस्ताव रख दिया गया तो संविधान सभा निश्चित रूप से इस गीत को ही देश का राष्ट्रगान बना देगी?

इसके साथ ही एक बात यह भी ध्यान देने योग्य है कि जिस मोहम्मद इकबाल ने 'सारे जहां से अच्छा हिंदुस्ता हमारा' गीत गाया था, उसने बाद में भारत को छोड़कर पाकिस्तान जाने का निर्णय लिया था और पाकिस्तान के समर्थन में भी वह काम करता रहा था। इतना ही नहीं, उसने अपने इस गीत के उस पंक्ति को भी बदल दिया था, जिसमें उसने कहा था कि " हिंदी हैं हम वतन हैं हिंदोस्ता हमारा ' इसके स्थान पर उसने लिख दिया था कि 'मुस्लिम हैं हमवतन हैं हिंदोस्ता हमारा '। उसके इस विघटनकारी गीत को स्वतंत्र भारत में 'वन्देमातरम्' जैसा ही सम्मान देते हुए राष्ट्रगीत बना दिया गया। इस पर कभी कोई चर्चा नहीं हुई कि इसके लिए गांधी जी नेहरु जी को किसने अधिकृत किया था? क्या मोहम्मद इकबाल के इस गीत को 'वन्देमातरम्' के समकक्ष रखना उचित है अथवा यह हमारे राष्ट्रगीत वन्देमातरम् का अपमान है?

अध्याय-17

'वन्देमातरम्' की १५० वीं जयंती

अब से सही १५० वर्ष पहले 'वन्देमातरम्' गीत की रचना हुई थी। इस गीत की रचना के इस विशेष वर्ष को राष्ट्रवादी राष्ट्रवासिंयों ने इस अवसर पर अपने राष्ट्रवादी क्रांतिकारी आंदोलन के उन अनेक क्रांतिकारियों को सादर स्मरण किया जो 'वन्देमातरम्' कहते हुए फांसी के तख्ते पर झूल गए थे। इसके अतिरिक्त इस गीत के रचनाकार बंकिम चंद्र चटर्जी को भी भावपूर्ण श्रद्धांजलि अर्पित की गई। साथ ही हमारे इस पवित्र क्रांतिकारी गीत के साथ हुए छल प्रपंचों के इतिहास को भी स्मरण किया गया। जिन नेताओं का 'वन्देमातरम्' को लेकर दोगला व्यवहार रहा, उनके बारे में भी लोगों को कई प्रकार के सत्य और तथ्य सुनने को मिले। हमारे देश के प्रधानमंत्री माननीय नरेंद्र मोदी जी ने २६ अक्टूबर को अपने " मन की बात " कार्यक्रम के माध्यम से लोगों को 'वन्देमातरम्' गीत का स्मरण कराया था।

प्रधानमंत्री श्री मोदी की घोषणा

केंद्र सरकार ने यह भी निर्णय लिया है कि अगले १ वर्ष तक देश में 'वन्देमातरम् ' को लेकर विभिन्न सांस्कृतिक कार्यक्रमों का आयोजन किया जाएगा। जिससे कि भारत के क्रांतिकारी इतिहास के गौरवपूर्ण पक्ष को आज की युवा पीढ़ी के समक्ष सही प्रकार से प्रस्तुत किया जा सके। इसका एक उद्देश्य यह भी है कि हमारी युवा पीढ़ी को यह भी ज्ञात होना चाहिए कि 'वन्देमातरम्' के लिए कितने क्रांतिकारियों ने अपना बलिदान दिया है? वास्तव में 'वन्देमातरम्'हमारे क्रांतिकारी स्वाधीनता आंदोलन का एक ऐसा महत्वपूर्ण दस्तावेज है, जिसने स्वाधीनता के लिए संघर्ष कर रहे युवा क्रांतिकारियों को देश पर मर मिटने की प्रेरणा दी थी। यदि एक वर्ष तक विभिन्न कार्यक्रमों के माध्यम से 'वन्देमातरम्' के बारे में देश की युवा पीढ़ी को जानने और समझने को कुछ मिलेगा तो निश्चित रूप से हमारे

इतिहास की नई परंतु वास्तविक तस्वीर उनके हृदय में अंकित होगी। जो कि किसी भी स्वाभिमानी राष्ट्र की युवा पीढ़ी के लिए आवश्यक होता है। भारत का सांस्कृतिक राष्ट्रवाद क्या है और उसने किस प्रकार पिछली शताब्दियों में हमारी युवा पीढ़ी को झकझोरने और स्वराष्ट्र पर मर मिटने की प्रेरणा दी है? - इसे भी 'वन्देमातरम्' के लिए होने वाले एक वर्ष के कार्यक्रमों में समझा जा सकेगा। भारत को समझने के लिए वन्देमातरम् को समझना पड़ेगा और वन्देमातरम् को गहराई से अंगीकृत करने के लिए भारत को समझना पड़ेगा। इस प्रकार भारत और वन्देमातरम् का अन्योनाश्रित संबंध है।

भारत की संसद में हुई बहस

जिस काम को कांग्रेस के द्वारा कभी संविधान सभा में करा लेना चाहिए था, अर्थात वन्देमातरम् पर गंभीर चिंतन मंथन और बहस संविधान सभा में होनी चाहिए थी, वह उस समय तो नहीं हुई, परंतु अब जाकर उस पर देश की संसद ने गरमागरम बहस की। जिससे कई ऐसे तथ्य निकलकर सामने आए जो देश के लोगों को पहली बार सुनने के लिए मिले।

८ दिसंबर २०२५ को भारत की संसद में वन्देमातरम् पर १० घंटे की एक विशेष चर्चा का आयोजन किया गया। इस चर्चा के माध्यम से पूरे राष्ट्र का ध्यान इस ओर आकृष्ट किया जाना था कि 'वन्देमातरम्' के विषय में कांग्रेस का चिंतन क्या रहा है और किस प्रकार कांग्रेस के बड़े नेताओं ने भारत के सांस्कृतिक राष्ट्रवाद का उपहास करने में कभी किसी प्रकार की कमी नहीं छोड़ी? आज की कांग्रेस और उसके नेता जिस प्रकार भारतीय राष्ट्रवाद को कपोल कल्पित मानते हैं और उसका उपहास करने में किसी प्रकार की कमी नहीं छोड़ते हैं ,उसको भी इस १० घंटे की चर्चा के माध्यम से जनसामान्य के समक्ष लाया जाना आवश्यक था।

८ दिसंबर को इस वन्देमातरम् पर लोकसभा में चर्चा हुई जबकि ९ दिसंबर को राज्यसभा में इस पर चर्चा कराई गई।

इस अवसर पर चर्चा में भाग लेते हुए भारतीय जनता पार्टी के राज्यसभा सांसद डॉ राधा मोहन दास अग्रवाल ने कांग्रेस को घेरते हुए कहा कि संविधान सभा में कांग्रेस ने राष्ट्रगीत से जुड़े महत्वपूर्ण मुद्दों पर कभी चर्चा में भाग नहीं लिया था। इतना ही नहीं, कांग्रेस ने संविधान सभा में तत्संबंधी पारित होने वाले प्रस्ताव को भी गंभीरता से नहीं लिया था। भाजपा सांसद के इस प्रकार के आरोप को आज के युवाओं को गंभीरता से लेना चाहिए। उन्हें तथ्यों की समीक्षा करनी चाहिए और अतीत को समझना चाहिए।

कांग्रेस के बड़े धोखे को किया उजागर

श्री अग्रवाल का 'वन्देमातरम्' पर दिया गया भाषण बहुत सराहा गया है। उन्होंने जिस ओजस्विता के साथ अपनी बात को रखा उसमें तथ्य और प्रमाणों की कमी नहीं थी। उन्होंने स्पष्ट किया कि इस विषय पर देश के साथ "बड़ा धोखा" हुआ है। उनके अनुसार, पहले यह निर्णय लिया गया था कि वन्देमातरम् के मुद्दे को संविधान सभा में चर्चा के लिए लाया जाएगा, परन्तु बाद में कांग्रेस ने औपचारिक प्रस्ताव लाने के स्थान पर इस संबंध में केवल एक वक्तव्य जारी करना ही पर्याप्त मान लिया।

डॉ. राधा मोहन अग्रवाल जी की इस बात पर यदि विश्वास किया जाए तो क्या इसका अभिप्राय यह है कि जिस प्रकार भारत के संविधान में कांग्रेस के पहले प्रधानमंत्री पंडित जवाहरलाल नेहरू ने धारा ३५ (ए) को अपने आप ही संविधान में स्थापित कर दिया था, क्या उसी प्रकार वन्देमातरम् को राष्ट्रगीत बनाने का निर्णय नेहरू जी ने स्वयं ले लिया था? डॉ अग्रवाल के उपरोक्त शब्द कुछ गहरे राज की ओर संकेत करते हैं।

नेहरू जी की सोच और वन्देमातरम्

जब संविधान सभा की बैठकें चल रही थीं तो उस समय देश का नाम ' भारत ' रखा जाए अथवा ' इंडिया' रखा जाए इस पर गहन चिंतन मंथन किया गया था। इसके अतिरिक्त और भी कई ऐसे बिंदु थे, जिन पर देर तक विचार - विमर्श करने के उपरांत कोई निर्णय लिया गया था। परंतु अत्यंत दुख के साथ कहना पड़ता है कि जहां लगभग ३ वर्ष से अधिक समय तक 'भारत' और 'इंडिया' सहित कई विषयों पर गहन विमर्श हुआ, वहीं वन्देमातरम् पर "एक सेकंड का विमर्श भी नहीं किया गया। ' इसका अभिप्राय है कि संविधान सभा के समक्ष 'वन्देमातरम्' के महत्वपूर्ण बिंदु को जानबूझकर प्रस्तुत नहीं किया गया था। देश के पहले प्रधानमंत्री और कांग्रेस के बड़े नेता पंडित जवाहरलाल नेहरू की मानसिकता थी कि जैसे भी हो 'वन्देमातरम्' को केवल ' राष्ट्रगीत' तक ही सीमित रखा जाए और जन गण मन को राष्ट्रगान बना दिया जाए। इसके लिए यदि संविधान सभा को भी उपेक्षित किया जाए तो कर लिया जाए।

संविधान सभा के अध्यक्ष और बाद में देश के पहले राष्ट्रपति बने डॉ. राजेंद्र प्रसाद ने कहा था कि 'जन गण मन' को राष्ट्रगान का दर्जा दिया जाएगा। परन्तु वर्तमान में कांग्रेस सहित देश के सारे विपक्ष ने राजेंद्र प्रसाद की उस महत्वपूर्ण पंक्ति को 'बड़ी चतुराई से छिपाया' जिसमें यह कहा गया था कि 'परिस्थिति अनुसार आने वाली सरकारें जन गण मन में परिवर्तन कर सकेंगी।'

देश का संविधान और वन्देमातरम्

यदि देश की संसद संविधान में अनेक संशोधन कर सकती है तो राष्ट्रगान की किसी पंक्ति में ऐसा क्यों नहीं किया जा सकता? हमारे देश के संविधान के बारे में कहा जाता है कि यह अत्यंत लचीला संविधान है। जो देश- काल और परिस्थिति के अनुसार संशोधित किया जा सकता है। किन परिस्थितियों में देश के लिए कौन सी आवश्यकता आ पड़ी है? इसको समझना देश की सरकारों के लिए अत्यंत आवश्यक होता है। कहीं संविधान का कोई कठोर प्राविधान देश की तात्कालिक आवश्यकता अथवा प्रगतिशीलता के समक्ष आकर एक बाधा के रूप में न खड़ा हो जाए, इसलिए प्रत्येक प्रगतिशील संविधान को लचीला होना ही चाहिए। इसी दृष्टिकोण से हमारे देश के पहले राष्ट्रपति डॉ राजेंद्र प्रसाद ने संविधान सभा का अध्यक्ष होते हुए जन गण मन के संबंध में अपना उपरोक्त मंतव्य स्पष्ट किया था। जिसे कांग्रेस की सरकारों ने अपने लिए कभी आदर्श माना ही नहीं, यद्यपि उसने संविधान में संविधान की भावना की विपरीत जाकर भी संशोधन किये हैं।

धर्मनिरपेक्ष राजनीतिक दल और वन्देमातरम्

यह भी एक तथ्य है कि देश के धर्मनिरपेक्ष राजनीतिक दलों के भीतर 'वन्देमातरम्' को लेकर उतना श्रद्धा भाव नहीं है जितना कि होना चाहिए। उन्होंने इसे हिंदूवादी संगठनों की सांप्रदायिक मानसिकता के साथ जोड़कर प्रस्तुत करने का प्रयास किया है। इस प्रकार देश के धर्मनिरपेक्ष राजनीतिक दलों ने मुस्लिम समाज की उसी सोच और मानसिकता को पोषित किया है, जिसे एक षड़यंत्र के अंतर्गत अंग्रेजों ने कभी मुस्लिम लीग के मस्तिष्क में डालने का प्रयास किया था। मुस्लिम लीग ने उसे अपने स्वार्थों की प्राप्ति के लिए स्वीकार कर लिया था।

इसी लीक पर न केवल मुस्लिम समाज आज तक चल रहा है अपितु भारत के राजनीतिक दल भी इसी बात का पक्ष पोषण कर आजादी से पूर्व की उस घृणित राजनीति का परिचय दे रहे हैं जो देश के लिए विभाजनकारी सिद्ध हुई थी। देश के लोकतंत्र के सर्वोच्च मंदिर अर्थात संसद में भी भारत के राजनीतिक दल 'वन्देमातरम्' के प्रति कोई विशेष रुचि नहीं दिखाते। इसीलिए विगत ८ दिसंबर २०२५ को वन्देमातरम् की १५० वीं जयंती के अवसर पर वर्तमान सरकार को इस गीत पर विशेष बहस कराने की आवश्यकता अनुभव हुई।

माना कि लोकतंत्र में अपनी बात को कहने का सभी राजनीतिक दलों को अधिकार होता है और यह भी सच है कि लोकतंत्र में विभिन्न विचारधाराओं की लड़ाई जारी रहती

है, परंतु इसका अभिप्राय यह नहीं है कि आप देश के सर्वमान्य प्रतीकों और उन आदर्शों को भी ताक पर रख देंगे जो हमारी राष्ट्रीय एकता के प्रतीक रहे हैं और जिनसे हमने अपने स्वाधीनता आंदोलन में विशेष प्रेरणा लेकर अपने बलिदान दिए थे? यदि आप उन आदर्शों और प्रतीकों का भी अपमान करते हैं अथवा उनका उपहास करते हैं तो इससे आपकी देशभक्ति संदिग्ध मानी जानी ही चाहिए। ८ दिसंबर को जब इस गीत पर संसद में बहस चल रही थी तो भाजपा के सांसद श्री अग्रवाल के ये शब्द बहुत महत्वपूर्ण थे कि मोहम्मद रमजान (एक विपक्षी सांसद) ने साफ कहा कि वे वन्देमातरम् नहीं गाएंगे, जिससे बहस का औचित्य सिद्ध होता है। उन्होंने श्रीराम और हजरत मोहम्मद साहब के कथनों का उल्लेख करते हुए कहा कि दोनों ने अपनी जन्मभूमि को माता समान माना और उससे प्रेम का संदेश दिया था।'

मुस्लिम देशों में मदरलैंड की होती है पूजा

हमें श्री अग्रवाल के भाषण का गंभीरता से चिंतन मंथन करना चाहिए। जिसमें उन्होंने कहा कि उज्बेकिस्तान, ईरान, तुर्की, अज़रबैजान जैसे कई मुस्लिम देशों में मदरलैंड शब्द और मातृभूमि से जुड़े प्रतीकों का सम्मान किया जाता है।

यदि मुस्लिम देशों के भीतर भी मदरलैंड अथवा मातृभूमि जैसे शब्दों का प्रयोग करते हुए अपनी मातृभूमि के प्रति सम्मान भाव प्रकट किया जा सकता है तो ऐसा भारत में क्यों नहीं हो सकता?

यदि इन देशों में ऐसी स्थिति है तो माना जाएगा कि इस्लाम में भी कहीं न कहीं मातृभूमि के प्रति श्रद्धा भक्ति और कृतज्ञता ज्ञापित करने की परंपरा है। जिसे जानबूझकर भारत में लागू नहीं किया जा रहा। क्योंकि भारत में मातृभूमि के प्रति श्रद्धा न दिखाकर उसका विरोध करने में ही मुस्लिम समाज अपनी भलाई देखता है। हमें यह भी ध्यान रखना चाहिए कि इंडोनेशिया में 'इबू पार्वती' को धरती माता कहा जाता है। इंडोनेशिया आज तक भी अपने मौलिक धर्म अर्थात वैदिक धर्म के प्रति श्रद्धा भाव रखता है।

उसकी स्पष्ट मान्यता है कि उसने केवल मजहब बदला है पूर्वज नहीं बदले। इसका अर्थ हुआ कि इंडोनेशिया आज भी अपने मूल से जुड़ा हुआ है। उसकी स्पष्ट मान्यता है कि मजहब बदलने से पूर्वज नहीं बदले जा सकते। मजहब तो केवल एक बाहरी आवरण है, जबकि पूर्वजों का और हमारे अपने वास्तविक वैदिक धर्म का संबंध हमारे आंतरिक जगत से है। बाहरी आवरण के आधार पर सांप्रदायिक क्रियाकलापों को करते रहकर भी अपनी आंतरिक चेतना से जुड़े रहना और मनुष्य मात्र व प्राणी मात्र के प्रति दयाभाव बनाए

रखना वास्तविक धार्मिकता है। इसी प्रकार की धार्मिकता को अपना कर चलना और राष्ट्र में शांति व्यवस्था बनाए रखने में अपना सहयोग प्रदान करना वास्तविक पंथनिरपेक्षता है।

मुस्लिम तुष्टिकरण की राजनीति

भारत के संबंध में यह बात पूर्णतया सत्य है कि कुछ राजनीतिक दल यहां मुस्लिम तुष्टिकरण को अपनाकर वोटों की राजनीति करते हैं। इसी तुष्टिकरण की नीति को अपनाए रखकर हमारे अनेक धर्मनिरपेक्ष राजनीतिक दल मुसलमानों का पक्ष पोषण करते हैं। जिसके चलते मुस्लिम समाज की ओर से " वन्देमातरम् " का विरोध निरंतर जारी रहता है। कोई भी धर्मनिरपेक्ष राजनीतिक दल ' वोटों की राजनीति ' के व्यामोह से बाहर नहीं निकल पाता। जिसके चलते राजनीतिक दलों की ओर से मुस्लिम समाज को वास्तविकता को समझाने का कभी गंभीर प्रयास नहीं होता।

भाजपा के उपरोक्त सांसद ने अपने भाषण के दौरान कहा कि कांग्रेस नेता रेवंत रेड्डी का यह कथन अत्यंत दुर्भाग्यपूर्ण है कि " कांग्रेस का मतलब मुसलमान और मुसलमान का मतलब कांग्रेस "। इस प्रकार के वक्तव्य स्पष्ट करते हैं कि कांग्रेस आज भी हिंदू विरोध की अपनी राजनीति को निरंतर जारी रखने में ही अपने राजनीतिक हित साधने का प्रयास कर रही है, जिसे राष्ट्रहित में उचित नहीं कहा जा सकता।

'यूनियन ऑफिस स्टेटस ' कहने की राजनीति

जिन लोगों ने कभी 'वन्देमातरम्' का विरोध किया था या आज भी कर रहे हैं और जो राजनीतिक दल उनका साथ दे रहे हैं, उन सबकी सोच एक जैसी ही है। यही लोग भारत को 'यूनियन ऑफिस स्टेट्स' कहकर भारत के प्राचीन गौरवशाली इतिहास को भुलाने का प्रयास करते हैं। उनकी दृष्टि में 'यूनियन ऑफ स्टेट्स' का अभिप्राय अनेक राज्यों के ऐसे समूह से है जो कभी भी सोवियत संघ की भांति भविष्य में जाकर अपना अलग अस्तित्व स्थापित कर सकते हैं। यद्यपि हमारा संविधान मजबूत केंद्र की बात करता है, इसके उपरांत भी कई राजनीतिक दल 'यूनियन ऑफ स्टेट्स' का प्रयोग जानबूझकर करते हैं। यह कितने आश्चर्य की बात है कि जिन लोगों को 'वन्देमातरम्' सांप्रदायिक नारा दिखाई देता है और इसके बोलने से सामाजिक सद्भाव के भंग होने और देश के टूटने की संभावना प्रबल होती हुई दिखाई देती है, उन्हीं लोगों के मुंह में तब दही जम जाती है जब एक व्यक्ति पश्चिम बंगाल में एक नई बाबरी मस्जिद बनाने का दावा करता है और मुसलमान उसके लिए तुरंत धन एकत्र करने में लग जाते हैं। इस प्रकार ' की घटनाओं से तो सांप्रदायिक सद्भाव

बढ़ेगा और वन्देमातरम् ' बोलने से सांप्रदायिक सद्भाव बिगड़ेगा? अजब लोगों की अजब परिभाषाएं हैं देश में।

संसद में भाषण देते हुए भाजपा के सांसद श्री अग्रवाल ने १९२३ के काकीनाडा अधिवेशन का उल्लेख करते हुए कहा कि उस समय कांग्रेस अध्यक्ष मोहम्मद अली जौहर ने पं. विष्णु दिगंबर पलुस्कर को वन्देमातरम् गाने से रोका था, परन्तु पलुस्कर ने पूरा गीत गाकर विरोध किया। उन्होंने कहा कि काकीनाडा नगर निगम ने उस घटना के वर्षों पश्चात मोहम्मद अली जौहर मार्ग का नाम बदलकर ' वन्देमातरम् मार्ग' कर दिया।

हमारा मानना है कि मोहम्मद अली जौहर मार्ग का नाम बदलकर 'वन्देमातरम्' मार्ग कर देना पूर्णतया न्याय संगत माना जाना चाहिए। जिस व्यक्ति ने हिंदू मुस्लिम एकता या राष्ट्रीय एकता और अखंडता के लिए कभी काम किया ही नहीं, उसके नाम पर किसी मार्ग का नाम रखना किसी भी दृष्टिकोण से उचित नहीं था। १९२३ के काकानाडा अधिवेशन के बारे में एक महत्वपूर्ण जानकारी देते हुए श्री अग्रवाल ने स्पष्ट किया कि में कांग्रेस ने उस अधिवेशन में विनायक दामोदर सावरकर को जेल से रिहा करने की मांग का प्रस्ताव भी पारित किया था। आज उन्हीं विनायक दामोदर सावरकर को कांग्रेस के लोग ' माफीवीर' कहकर उनका अपमान करने का प्रयास करते हैं।

(यह लेख हमने भाजपा सांसद श्री राधा मोहन दास अग्रवाल के भारतीय संसद में दिए गए भाषण के आधार पर तैयार किया है।)

❖❖❖

डायमंड में प्रकाशित श्रेष्ठ साहित्य

www.ingramcontent.com/pod-product-compliance
Lightning Source LLC
LaVergne TN
LVHW100554051026
849519LV00003B/949
* 9 7 8 9 3 7 6 9 6 2 1 8 1 *